Melanie Milburne
Atrapada por la culpa

Capítulo 1

ERA el momento que Eliza llevaba temiendo desde hacía semanas. Ocupó su sitio con los otro cuatro profesores en la sala docente y se preparó para oír el veredicto de la directora.

–Vamos a cerrar.

Las palabras cayeron sobre los presentes como la afilada hoja de una guillotina, seguidas por un silencio cargado de angustia, decepción y temor. Eliza pensó en sus pobres alumnos de la escuela elemental. Había trabajado mucho por y para ellos, y no se atrevía a pensar en la suerte que correrían si la pequeña escuela cerraba sus puertas. Todos provenían de las capas más desfavorecidas de la sociedad y se perderían sin remedio entre las grietas del masificado sistema escolar, igual que les había pasado a sus padres y abuelos.

Igual que le había pasado a ella...

El ciclo de pobreza y abandono volvería a repetirse. Aquellos niños que presentaban un potencial tan prometedor serían engullidos por un entorno hostil y acabarían convertidos en delincuentes y criminales.

–¿No hay nada que podamos hacer? Al menos para seguir un tiempo –preguntó Georgie Brant, la maestra de los niños más pequeños–. ¿Qué tal otra venta de pasteles, o una feria?

Marcia Gordon, la directora, negó tristemente con la cabeza.

–Me temo que los pasteles y galletas no bastarán para mantenernos a flote. Necesitamos una gran inyección de capital, y la necesitamos antes del final del trimestre.

–¡Pero solo queda una semana! –exclamó Eliza.

Marcia suspiró.

–Lo sé. Lo siento, pero así están las cosas. Siempre hemos procurado mantener nuestros gastos al mínimo, pero con la situación económica actual todo es mucho más difícil. No nos queda más remedio que cerrar para no seguir contrayendo deudas.

–¿Y si alguno de nosotros acepta una reducción de salario o incluso trabajar gratis? –sugirió Eliza–. Yo podría esta sin cobrar uno o dos meses –le supondría un enorme sacrificio, pero no podía quedarse de brazos cruzados. Debía de haber algo que pudieran hacer. Alguien a quien poder acudir. Una organización benéfica, una ayuda del gobierno, lo que fuera.

Antes de que pudiera verbalizar sus ideas, Georgie se inclinó hacia delante para hacerlo por ella.

–¿Y si pedimos ayuda públicamente? ¿Os acordáis de la atención que recibimos cuando Lizzie ganó aquel premio el año pasado? A lo mejor podríamos publicar otro artículo en la prensa para mostrar lo que hacemos por los chicos. Puede que algún filántropo multimillonario se dé a conocer y nos ayude –puso los ojos en blanco y volvió a derrumbarse con resignación en la silla–. No creo que ninguno conozcamos a un multimillonario, ¿verdad?

A Eliza se le pusieron los vellos de punta y un escalofrío le recorrió la piel. Cada vez que pensaba en Leo Valente su cuerpo reaccionaba como si lo tuviera delante. Los latidos se le aceleraron al evocar sus rasgos duros y atractivos...

–¿Conoces a alguno, Lizzie? –le preguntó Georgie.

–Eh... no –respondió ella–. No frecuento mucho esos círculos.

Marcia sacó y metió la punta de su bolígrafo un par de veces, con expresión pensativa.

–Supongo que no pasaría nada por intentarlo. Le mandaré un comunicado a la prensa, a ver si podemos seguir abiertos hasta Navidad –se levantó y recogió sus papeles de la mesa–. Para los que creáis en milagros, más os vale empezar a rezar.

Eliza vio el coche en cuanto torció la esquina para entrar en su calle. Se acercaba lentamente, como una sigilosa pantera acechando a su presa. Estaba demasiado oscuro para distinguir al conductor, pero Eliza tuvo el presentimiento de que era un hombre y que la estaba buscando a ella. Un escalofrío la recorrió mientras el conductor aparcaba su reluciente Mercedes en el único espacio disponible de la calle, frente a su casa.

Y cuando una figura alta, de pelo negro y bien vestida se bajó del coche, el corazón le golpeó fuertemente las costillas y se le formó un nudo en la garganta. Encontrarse a Leo Valente después de cuatro años era lo último que se hubiera esperado. Tal fue la conmoción que la cabeza empezó a darle vueltas y las piernas le temblaron, como si el suelo se tambaleara bajo sus pies.

¿Por qué estaba allí? ¿Qué quería? ¿Y cómo la había encontrado?

Intentó mantener la compostura mientras él se acercaba hasta detenerse ante ella en la acera, pero su estómago era como una mosca encerrada en un tarro de mermelada.

–Leo... –le sorprendió poder hablar, porque las emociones le atenazaban la garganta.

Él asintió ligeramente con la cabeza.

–Eliza.

Ella tragó saliva disimuladamente. La voz de Leo, con su irresistible acento italiano, siempre le había provocado estragos. Tanto como su arrebatador aspecto: alto, delgado y endiabladamente apuesto, con unos ojos marrones, casi negros, y unas facciones duras y angulosas. Había envejecido desde la última vez que lo vio. Su pelo, negro como el carbón, mostraba algunas canas en las sientes, y alrededor de los ojos y de la boca tenía unas arrugas que seguramente no fueran el resultado de muchas sonrisas.

–Hola –lo saludó, y se lamentó por no haber empleado una fórmula más formal. No se habían separado de una manera precisamente amistosa.

–Me gustaría hablar contigo –dijo él, y señaló con la cabeza el apartamento de la planta baja. La expresión de sus ojos era inflexible–. ¿Entramos?

Eliza intentó respirar hondo, pero el aire no le circulaba por la tráquea.

–Estoy... estoy muy ocupada.

La mirada de Leo se endureció. Sabía que le estaba mintiendo.

–No te quitaré más de cinco o diez minutos.

Eliza intentó mantenerse firme en el silencioso duelo de miradas, pero al final fue ella la que apartó la suya.

–Está bien –concedió–. Cinco minutos.

De camino a la puerta sentía su presencia tras ella. Intentó aparentar serenidad, pero el repiqueteo de las llaves en sus temblorosos dedos delataba su nerviosismo. Finalmente consiguió abrir, pero se estremeció por dentro al pensar en lo humilde que le parecería su apartamento a Leo, comparado con su villa de Positano. Seguramente se estaría preguntando cómo había podido conformarse con aquella vida tan patética en vez de aceptar lo que él le ofrecía.

Se volvió para encararlo nada más entrar. Él tuvo que agacharse para pasar por la estrecha puerta, antes de mirar a su alrededor con ojo crítico. ¿Se estaría preguntando si había peligro de que el techo se le cayera encima?

–¿Desde cuándo vives aquí? –le preguntó con el gesto torcido.

–Desde hace cuatro años –respondió ella en tono orgullo y desafiante.

–¿Es un piso alquilado?

Eliza apretó los dientes. Leo le estaba recordando deliberadamente todo lo que había perdido al rechazar su propuesta de matrimonio. Sin duda debía de saber que jamás podría permitirse comprar una vivienda en aquella zona de Londres. Ni en ninguna otra parte de Londres. Y con su trabajo pendiendo de un hilo, ni siquiera era seguro que pudiese pagar un alquiler.

–Estoy ahorrando para comprarme una casa –declaró mientras dejaba el bolso en la mesita.

–Yo podría ayudarte con eso.

Eliza escrutó su expresión, pero era imposible saber lo que ocultaban aquellos ojos oscuros e impenetrables. Se humedeció los labios e intentó adoptar un aire despreocupado a pesar de su agitación interna.

–No estoy muy segura de lo que quieres decir, pero por si acaso... no, gracias.

–¿Podemos hablar en algún sitio más cómodo que este recibidor?

Eliza dudó mientras pensaba en su pequeño salón. El día anterior había estado hojeando un montón de revistas que le había dado el quiosquero para la clase de manualidades, y no recordaba si había cerrado la revista del corazón en la que aparecía una foto de Leo en una recaudación benéfica en Roma. Era un ejemplar atrasado, pero era lo único que había visto de él en la prensa. Leo siempre protegía celosamente su vida privada. Ver aquella foto justo después de la reunión con los profesores la había desconcertado profundamente, y durante un buen rato se había quedado observándola, preguntándose si sería una casualidad.

–Eh... Claro –murmuró–. Ven por aquí.

Si Leo empequeñecía con su presencia el vestíbulo, hizo que el salón pareciera la vivienda de un gnomo. Eliza puso una mueca cuando su cabeza chocó con la modesta lámpara que colgaba del techo.

–Será mejor que te sientes –le aconsejó mientras metía disimuladamente la revista debajo de las otras–. Ahí tienes el sofá.

–¿Dónde vas a sentarte tú? –le preguntó él, arqueando una ceja.

–Eh... iré por una silla a la cocina.

–Ya voy yo. Tú siéntate en el sofá.

Eliza se habría negado, pero las rodillas amenazaban con cederle en cualquier momento. Se sentó en el sofá y colocó las manos sobre los muslos para que no le siguieran temblando. Leo llevó la silla al pequeño espacio que quedaba delante del sofá y se sentó con la clásica pose dominante, piernas separadas y manos apoyadas en sus fuertes muslos.

El silencio se alargó mientras él la observaba con la inescrutable mirada de sus ojos oscuros.

–No llevas anillo de casada.

–No –juntó las manos en el regazo. Sentía las mejillas como si estuviera sentada junto a un fuego.

–Pero sigues comprometida.

Eliza se buscó el incómodo bulto del diamante con los dedos.

–Sí... Lo estoy.

Los ojos de Leo ardieron de odio y resentimiento.

–Un compromiso bastante largo, ¿no? –le dijo–. Me sorprende que tu novio sea tan paciente.

Eliza pensó en el pobre Ewan, postrado en aquella silla de ruedas día tras día, año tras año, con la mirada vacía y dependiendo de los demás para todo. Sí, Ewan era muy paciente.

–Está satisfecho con la situación.

Leo apretó visiblemente la mandíbula.

–¿Y tú? –le preguntó con una mirada intensa y penetrante–. ¿Lo estás?

Eliza se obligó a sostenerle la mirada. ¿Sería capaz de ver lo sola y desgraciada que era?

–Sí, lo estoy –contestó con la mayor frialdad que pudo.

–¿Vive aquí contigo?

–No, él tiene su casa.

–¿Y por qué no vives con él?

Eliza bajó la mirada a sus manos. Tenía restos de pintura azul y amarilla en los dedos y las uñas, y se frotó distraídamente la mancha con el pulgar.

–Su casa está muy lejos de mi escuela. Siempre que podemos pasamos juntos los fines de semana.

De nuevo quedaron sumidos en un largo y tenso silencio. Eliza alzó la mirada al oír que se levantaba. Leo se movía por la habitación como un tiburón en una pecera. Tenía los puños apretados, pero de vez en cuando los abría y relajaba los dedos, antes de volver a cerrarlos.

De repente se detuvo y le clavó una mirada cargada de resentimiento.

−¿Por qué?

−¿Por qué qué?

−¿Por qué lo elegiste a él en vez de a mí?

−Porque a él lo conocí primero y me quiere −a menudo se había preguntado cómo sería su vida si no hubiese conocido a Ewan. ¿Mejor? ¿Peor? Difícil imaginarlo. Antes del accidente había vivido muchísimos momentos maravillosos.

−¿Crees que yo no te quería? −le preguntó él, con el ceño fruncido.

−Tú no me querías, Leo. Tan solo querías sentar la cabeza porque acababas de perder a tu padre. Yo fui la primera que encajó en tu lista de prioridades: joven, sumisa y complaciente.

−Yo podría haberte ofrecido todo lo que el dinero pudiera comprar −replicó él−. Y, sin embargo, elegiste vivir como una mendiga y atarte a un hombre que ni siquiera quiere vivir contigo. ¿Cómo sabes que no te está engañando con otra en este momento?

−Te puedo asegurar que no me está engañando con nadie −aseveró ella con tristeza e ironía. Sabía exactamente dónde y con quién estaba Ewan las veinticuatro horas del día, siete días a la semana.

−¿Lo engañas tú a él?

Ella apretó los labios y no respondió.

−¿Por qué no me lo dijiste desde el principio? −le inquirió Leo, furioso−. Deberías haberme contado que estabas comprometida nada más conocernos. ¿Por qué esperaste a que yo me declarara?

Eliza recordó las tres idílicas semanas que había pasado en Italia cuatro años atrás. Eran sus primeras vacaciones desde el accidente de Ewan, acaecido un año y medio antes. La madre de Ewan, Samantha, había insistido en que se tomara un descanso lejos de todo y de todos. Eliza dejó su anillo de compromiso en casa y durante unas pocas semanas intentó ser como cualquier chica soltera, sabiendo que al volver las puertas de su prisión particular se cerrarían para siempre.

Conocer a Leo Valente había sido una experiencia única y maravillosa, aunque también amarga. Desde el principio había sabido que no tenían ningún futuro, pero había vivido el breve idilio como si realmente estuvieran hechos el uno para el otro. Se había visto superada por la emoción y el romanticismo, y se había convencido de que no le hacía daño a nadie si fingía ser libre por unas pocas semanas. No había sido su intención enamorarse de él. Pero cometió el error de subestimar a Leo Valente. No solo era un hombre encantador, sino implacable a la hora de perseguir un objetivo.

A medida que pasaban los días se iba enamorando más y más. El tiempo jugaba en su contra, pero no había podido resistirse a estar con él. Ansiaba verlo en todo momento y no se preocupaba en absoluto por las consecuencias.

–Tienes razón –admitió–. Debería habértelo dicho. Pero me pareció que lo nuestro solo era una aventura. No pensé que volvería a verte y mucho menos que fueras a declararte. Solo hacía un mes que nos conocíamos...

La expresión de Leo se contrajo en una mueca de resentimiento.

–¿Te reíste a gusto con tus amigos al volver a casa? ¿Por eso me dejaste hacer el ridículo? ¿Para divertirte a mi costa?

Eliza se levantó y fue hacia la ventana para mirar

el rosal del jardín. La lluvia y el viento lo habían desnudado y solo quedaban tres pétalos precariamente pegados al tallo raquítico y espinoso.

–No se lo conté a nadie –de repente sentía frío, a pesar de que el apartamento llevaba cerrado todo el día–. Cuando volví a casa fue como si acabara de despertar de un sueño.

–¿No se lo contaste a tu novio?

–No.

–¿Por qué?

Eliza se abrazó con fuerza y se volvió para encararlo.

–No lo habría entendido.

–Seguro que no –corroboró él con desdén–. Su novia se abre de piernas para el primer hombre que conoce en un bar... Sí, sin duda le resultaría muy difícil entenderlo.

Eliza lo fulminó con la mirada.

–Tus cinco minutos han pasado. Ahora vete.

Él cubrió la distancia que los separaba con una larga zancada y a Eliza se le cortó la respiración ante su imponente estatura. El corazón le palpitaba con fuerza y una incontrolable corriente de deseo le recorría la piel y las venas. Su cuerpo reconocía y respondía a la química que ardía entre ellos. Ningún otro hombre le había provocado nunca una reacción igual.

–Tengo otra cosa que proponerte.

Eliza tragó saliva con gran dificultad, confiando en que no se diera cuenta.

–Espero que no sea matrimonio.

Él se echó a reír, pero era una risa fría y amarga.

–No, nada de matrimonio. Es una propuesta de negocios, y muy lucrativa.

Era imposible leer su expresión, aunque en sus ojos

marrones se advertía un destello amenazador. A Eliza se le aceleró el corazón y sintió un escalofrío por la espalda.

–No quiero ni necesito tu dinero –declaró con orgullo.

Él torció el gesto en una mueca burlesca.

–Puede que tú no, pero tu escuela sí que lo necesita.

La afirmación pilló por sorpresa a Eliza, que tuvo que hacer un esfuerzo desesperado por ocultar su asombro. ¿Cómo demonios sabía Leo lo de la escuela? La noticia aún no había salido en la prensa.

–¿Qué me ofreces?

–Quinientas mil libras.

Eliza abrió los ojos como platos.

–¿Con qué condiciones?

Los ojos de Leo destellaron peligrosamente.

–Que pases el mes que viene conmigo en Italia.

A Eliza se le cayó el alma a los pies. Se humedeció los labios y trató de mantener la compostura.

–¿En... en calidad de qué?

–Necesito una canguro.

Un dolor agudo le traspasó el corazón.

–¿Estás... casado?

La expresión de Leo permaneció fría e inalterable.

–Viudo. Tengo una hija de tres años.

Eliza hizo un rápido cálculo mental. Leo debía de haber conocido a su mujer poco después de que ella se marchara de Italia. Por alguna razón aquello le dolió más que si su matrimonio hubiera sido reciente. Él había seguido con su vida como si nada, a diferencia de ella, que se había pasado meses sumida en una amarga soledad, sin comer ni dormir. Se había olvidado de ella mientras que ella no había dejado de pensar en él ni un instante.

¿Con quién se habría casado? No recordaba haber leído nada en la prensa sobre su boda ni sobre la muerte de su esposa. ¿Qué había sucedido? ¿Debería preguntárselo?

–No llevas anillo –le dijo, mirando su mano izquierda.

–No.

–¿Qué... qué ocurrió?

–¿A mi mujer?

Eliza asintió mientras intentaba reprimir las náuseas que le provocaban aquellas palabras. «Mi mujer». Tendrían que haber estado dirigidas a ella y a nadie más. No soportaba la idea de que Leo estuviera con otra mujer, acostándose con otra mujer, amando a otra mujer...

–Giulia se suicidó –lo dijo sin el menor atisbo de emoción, como si estuviera leyendo una noticia cualquiera en el periódico. Sin embargo, la sombra que cruzó fugazmente sus ojos insinuaba que la muerte de su mujer había sido un golpe demoledor.

–Lo siento mucho. Tuvo que ser terrible...

–Para mi hija está siendo muy difícil –repuso él–. No entiende por qué su madre no vuelve a casa.

Eliza comprendía muy bien la desesperación de los niños pequeños cuando sus padres morían o los abandonaban. Ella solo había tenido siete años cuando su madre la dejó con unos parientes lejanos para perderse en su adicción al alcohol y las drogas. Pero habían transcurrido muchos meses hasta que su tía abuela le dijo que su madre no volvería a recogerla. Ni siquiera la llevó al cementerio para que se despidiera de ella.

–¿Le has explicado a tu hija que su madre ha muerto?

–Alessandra solo tiene tres años.

–Eso no significa que no pueda entender lo ocurrido –arguyó Eliza–. Es importante ser sincero con ella, pero de un modo sensible y compasivo. Los niños pequeños entienden más de lo que creemos.

Leo se desplazó hacia el otro lado del salón y permaneció de espaldas a ella, mirando la calle. Así estuvo varios minutos, antes de hablar.

–Alessandra no es como los otros niños.

Eliza se humedeció los labios resecos.

–No creo ser la persona adecuada para ayudarte. Trabajo a jornada completa en un colegio. Tengo muchos compromisos y responsabilidades que atender. No puedo dejarlo todo para irme a Italia durante cuatro semanas.

Él se giró y le clavó una mirada intensa y penetrante.

–Sin mi ayuda te quedarás sin trabajo. Tu escuela está a punto de cerrar sus puertas.

Ella le sostuvo la mirada con el ceño fruncido.

–¿Cómo lo sabes? Todavía no se ha publicado nada en la prensa.

–Tengo mis contactos.

Definitivamente había hecho sus pesquisas, pensó Eliza. ¿Con quién habría hablado? Sabía que era un hombre poderoso, pero la inquietaba pensar que hubiera averiguado tanto de su situación. ¿Qué más habría descubierto?

–Las vacaciones de verano empiezan este fin de semana –continuó él–. Tendrás seis semanas para hacer lo que quieras.

–Ya he hecho otros planes para las vacaciones. No me apetece cambiarlos en el último momento.

–¿Ni siquiera por medio millón de libras?

Eliza se imaginó aquella cantidad de dinero en su poder. Con una fortuna semejante podría salvar la escuela y darles a sus pobres niños la esperanza de un futuro mejor. Pero un mes era mucho tiempo para pasarlo con un hombre del que apenas sabía nada. ¿Qué querría de ella? ¿Qué querría que hiciera? ¿Sería una especie de venganza? ¿Cómo podría saber ella lo que ocultaba su oferta? Le había dicho que necesitaba una niñera, pero ¿y si quería algo más?

–¿Por qué yo?

La expresión de Leo permaneció inescrutable.

–Cumples los requisitos que exijo para el puesto.

–Ah, entiendo... Mujer, joven y sana, ¿no?

Un destello burlón cruzó fugazmente los ojos de Leo.

–Te estás confundiendo, Eliza. No te ofrezco que vuelvas a ser mi amante. Serás la niñera de mi hija, nada más.

Sus palabras la hirieron como si de una ofensa se tratara, por absurdo que fuese. Solo necesitaba una niñera. No tenía ningún interés personal en ella.

–Te puedo asegurar que si me estuvieras ofreciendo otra cosa, no la aceptaría –declaró con un orgullo fingido.

Él la escrutó sin pestañear.

–No sé si creerte... Es obvio que tu novio no te llena. Aún tienes esa expresión de deseo insaciable.

–Te equivocas –se apresuró a negar ella–. Solo ves lo que quieres ver.

Estaba viendo lo que ella intentaba esconder...

Él siguió mirándola fijamente.

–¿Aceptarás el empleo?

Eliza se mordió brevemente el labio. Tenía en sus manos la posibilidad de mantener abierta la escuela y de que todos sus niños continuaran recibiendo una educación fundamental. También los programas de asesoramiento para madres solteras podrían llevarse a cabo si contaban con los fondos suficientes... Unos programas que podrían haber salvado a su madre si hubieran existido en su tiempo.

–¿Otro medio millón de libras en efectivo podría ayudarte a tomar una decisión con rapidez?

Eliza lo miró boquiabierta. ¿De verdad le estaba ofreciendo un millón de libras? ¿Quién podía hacer algo así?

Ella había crecido en la pobreza más miserable. Su madre la había llevado de un sitio para otro mientras ahogaba sus traumas infantiles en el alcohol y las drogas. De niña, Eliza soñaba con tener el dinero suficiente para conseguir la ayuda que su madre necesitaba desesperadamente. Pero a veces no tenían ni para comer.

Leo procedía de un entorno mucho más privilegiado, pero nunca había hecho ostentación de su riqueza. A Eliza le había parecido sorprendentemente humilde y modesto, teniendo en cuenta que se había hecho a sí mismo. Su padre lo había perdido todo en un mal negocio y Leo se había dejado la piel para levantar de nuevo la empresa de su familia.

Había tenido un éxito rotundo. Valente Engineering Company era responsable de algunos de los proyectos de ingeniería más importantes del mundo. Eliza admiraba su capacidad de trabajo y superación. La mayoría de las personas habrían tirado la toalla o adoptado una actitud victimista, pero él no.

Sin embargo, la riqueza no lo había hecho feliz. Se podía ver en las arrugas y sombras de su rostro, inexistentes cuatro años atrás.

–¿En efectivo?

Él asintió seriamente.

–En efectivo. Pero solo si firmas aquí y ahora.

–¿Quieres que firme algo?

Sin apartar los ojos de ella, Leo sacó una hoja doblada del bolsillo interior de su chaqueta.

–Un acuerdo de confidencialidad. Nada de hacer declaraciones a la prensa, ni antes, ni durante ni después del servicio.

Eliza agarró el documento y le echó un rápido vistazo. Era claro y directo. Le prohibía hablar con la prensa, bajo pena de devolver todo el dinero ganado más un veinte por ciento de intereses.

–Sí que le has puesto un precio alto a tu intimidad...

–He visto el daño que puede hacer la prensa y no voy a tolerar que circulen rumores injuriosos sobre mí. Si no te consideras capaz de acatar las reglas, me marcharé y te dejaré en paz. No volverás a saber nada de mí.

Eliza se preguntaba por qué quería contratarla a ella, precisamente a ella, cuando podía tener a las niñeras más cualificadas del mundo.

Su separación no había sido exactamente amistosa. Cada vez que pensaba en su despedida sentía náuseas en el estómago. Leo se había puesto lívido al enterarse de que estaba comprometida con otro hombre. No la había tocado, pero el resentimiento y el odio que emanaban sus ojos la habían aturdido tanto como una fuerte bofetada. Ni siquiera le había dado tiempo a explicarse. Se había marchado del restaurante y de su vida, y había roto todo contacto con ella.

En las semanas, meses y años siguientes ella podría haberlo llamado y haberle explicado todo, pero la sensación de culpa le había hecho guardar silencio.

Y aún seguía guardándolo.

Pero ¿cómo rechazar un millón de libras? Y además, el dinero no sería para ella sino para ayudar a los niños y a sus madres. Solo tendría que pasar un mes en Italia, disfrutando del sol y cuidando a una niña pequeña.

No parecía tan difícil...

Se irguió y miró a los ojos a Leo mientras extendía la mano.

—¿Tienes un boli?

Capítulo 2

LEO observó como Eliza estampaba su firma en el documento. Tenía una mano muy femenina, esbelta y delicada, y a él lo había hecho arder en llamas cada vez que lo tocaba...

Refrenó sus pensamientos como un jinete tirando de las riendas de su desbocada montura. No iba a permitir que sus recuerdos lo dominaran. Necesitaba a una niñera. Se trataba de un acuerdo de trabajo. No quería nada más de ella.

Cuatro años después seguía furioso con ella por lo que había hecho. Pero todavía lo estaba más consigo mismo, por haberse enamorado cuando ella lo estaba usando. Había mordido el anzuelo sin pensar en lo que hacía y se había declarado como un enfermo de amor, ofreciéndole ese mundo que tanto se había esforzado para construir desde la nada.

Eliza lo había hechizado desde que se sentó a su lado en la barra del bar, donde él intentaba ahogar el dolor por la muerte de su padre. La energía y exuberancia que despedía lo había hecho responder al instante. La sangre empezó a chisporrotearle en cuando sus brazos se rozaron. Eliza se había mostrado muy abierta y descarada con él, pero de un modo sugerente y divertido. Su primera noche juntos había sido apoteósica. Leo nunca había experimentado una explosión de placer semejante, y se había abandonado por completo al torrente de lujuria y desenfreno que los barría a ambos.

Aquel tórrido encuentro dio paso a un apasionado idilio de tres semanas y a la romántica proposición que le hizo para seguir juntos, pues no soportaba la idea de no volver a verla. Pero en todo ese tiempo ella le había ocultado su compromiso con otro hombre en Inglaterra.

Leo le miró la mano izquierda. El anillo de compromiso destellaba como un ojo malvado.

La furia le nublaba la vista. Para ella no había sido más que una aventura de verano, una diversión pasajera de la que luego poder reírse con sus amigos.

La había odiado por ello, y por cómo había sido su vida desde entonces.

El rechazo y la traición de Eliza habían provocado un efecto dominó en todos los aspectos de su vida desde entonces. De no haber sido por su engaño no habría conocido a la pobre, triste y solitaria Giulia, cuya muerte seguía pesándole en el corazón como una losa. No había sido el hombre que ella necesitaba, ni ella había sido la persona apropiada para él. Pero ambos habían sido rechazados por las personas amadas y en su mutua desesperación habían forjado una precaria alianza que acabaría en tragedia. Giulia despreció a su hija recién nacida desde el primer momento, según algunos médicos por una depresión posparto y según otros por haber sido un parto prematuro.

Pero, en el fondo, Leo siempre había sabido cuál era el problema.

Giulia no quería tener un hijo con él. Quería tenerlo con su ex.

Leo había fracasado como marido, pero estaba decidido a ser el mejor padre posible. Y para ello, para recuperar el equilibrio de una vez por todas, necesitaba que Eliza volviera a su vida y lo ayudara con Alessandra. No quería pensar en ello como una venganza, sino como un punto y final a una amarga parte de su vida.

Una vez que se cumpliera el mes acordado, ella podría hacer el equipaje y marcharse. Su relación sería estrictamente profesional, sin ninguna implicación sentimental.

–No puedo empezar hasta que acabe la escuela, al final de la semana –le dijo, devolviéndole el bolígrafo.

Leo se lo guardó en el bolsillo e intentó ignorar el calor que le provocaba el roce de sus dedos. Esa ola de deseo que rugía bajo la piel como una bestia salvaje despertando tras una larga hibernación.

Tenía que ignorarla.

Y lo haría.

–Lo entiendo. El viernes enviaré un coche para que te recoja. Ya tienes reservado el vuelo.

Eliza abrió los ojos como platos en una mueca de asombro, o tal vez de indignación.

–Estás muy seguro de ti mismo, ¿verdad?

–Estoy acostumbrado a conseguir lo que quiero. No permito que nada se entrometa en mi camino. Y menos un obstáculo insignificante.

Ella alzó el mentón en un gesto desafiante.

–Nunca me habían calificado como un «obstáculo insignificante». ¿Y si resultara ser un reto mucho mayor de lo que piensas?

Leo ya había sopesado los riesgos. Era muy peligroso volver a tenerla en su vida, pero una especie de perversa obsesión lo acuciaba a arriesgarse. Estaba cansado de su insípida y vacía vida. Eliza representaba todo lo que había perdido: el color, la intensidad, la pasión...

La fuerza.

Todavía podía sentir aquella corriente en sus venas. Eliza lo hacía sentirse vivo. Lo había hecho cuatro años antes y de nuevo lo hacía. Con ninguna otra mujer había sentido nada igual. Entre ellos se había establecido una comunicación íntima, visceral, a través de la carne y los poros de la piel. Cuando ella estaba cerca, su cuerpo respondía de manera instantánea y descontrolada.

¿Sentiría ella lo mismo?

Intentaba ofrecer una imagen fría y serena, pero Leo le había visto morderse el labio y apartar la mirada. ¿Estaría recordando cómo se había entregado a él para gritar de placer en un orgasmo tras otro? Un hormigueo le recorrió el cuerpo al recordar sus espasmos y contracciones al llegar al clímax. ¿Respondería de igual modo a su novio? Le repugnaba pensar que hubiera preferido volver con un hombre anónimo y sin rostro.

—Creo que sabré cómo tratarte. Estoy acostumbrado a las mujeres como tú. Conozco muy bien vuestros juegos.

El brillo desafiante hizo que los ojos de Eliza parecieran más verdes que azules.

—Si tanto te desagrada mi compañía, ¿por qué me contratas para cuidar a tu hija?

—Tienes fama de saber trabajar con niños pequeños. Hace un año estaba leyendo el periódico en un aeropuerto y me encontré con un artículo donde se alababa el trabajo que hacías con los niños menos favorecidos. Al leer tu nombre pensé que no podía haber dos Eliza Lincoln trabajando como maestras en Londres.

La expresión de Eliza se tornó más reservada que desafiante.

–Sigo sin comprender por qué quieres que trabaje para ti. Y menos si tenemos en cuenta cómo acabaron las cosas entre nosotros.

–La niñera de Alessandra ha tenido que marcharse por un problema familiar y me ha dejado en la estacada. Solo necesito a alguien para las vacaciones de verano, ya que Kathleen regresará a finales de agosto. Volverás a tiempo para el comienzo de la escuela.

–Sigues sin responder a mi pregunta. ¿Por qué yo?

Leo acababa de descubrir que nunca podría vivir tranquilo hasta que no hubiera zanjado de una vez para siempre lo que había entre ellos. La última vez se había visto sobrepasado por las emociones, pero no volvería a cometer el mismo error. En esa ocasión sería él quien controlara la situación, y así sería hasta convencerse de que podía seguir viviendo sin estremecerse cada vez que pensaba en ella. No quería otra relación desastrosa, como la que había tenido con Giulia. Quería recuperar el orden y el equilibrio, y la única manera de hacerlo era enfrentarse al pasado y superarlo.

–Al menos contigo sé a lo que atenerme... No habrá sorpresas desagradables.

Ella volvió a abrazarse y apartó la mirada.

–¿Dónde voy a alojarme?

–Te alojarás con nosotros en mi villa de Positano. Estoy trabajando en un par de proyectos que posiblemente me obliguen a viajar al extranjero. Puede que a París o de nuevo aquí, a Londres.

–¿Dónde está tu hija ahora? ¿También ella está en Londres?

Leo negó con la cabeza.

–No, está con una chica de una agencia. Estoy impaciente por regresar para asegurarme de que está bien. Se pone muy nerviosa con la gente a la que no conoce –le tendió su tarjeta de visita–. Aquí tienes mis datos de contacto. Cuando llegues a Nápoles habrá un coche esperándote. Te enviaré la mitad del dinero en las próximas veinticuatro horas con un guardia de seguridad. El resto lo ingresaré en tu cuenta bancaria, si me facilitas el número.

Ella frunció el ceño.

–No creo que sea buena idea enviarme a casa una cantidad tan grande de dinero. Preferiría que se lo entregaras directamente al tesorero de la escuela. Te daré sus datos de contacto.

–Como quieras –se arremangó para echar un vistazo al reloj–. Tengo que irme. Debo asistir a una última reunión antes de tomar el avión esta noche. Te veré el viernes en mi villa.

Eliza lo acompañó a la puerta.

–¿Cuál es el color favorito de tu hija?

Leo se detuvo con la mano en el pomo y se giró lentamente hacia ella.

–¿Por qué lo preguntas?

–Había pensado en hacerle un regalo. Los hago yo misma para los chicos de la escuela. Les gusta que se los hagan especialmente para ellos. ¿Le gustaría un conejito, un perrito, un osito...?

Leo pensó en su hija, rodeada de cientos de peluches de todos los colores y tamaños.

–Como tú prefieras –soltó el aire que había estado conteniendo sin darse cuenta–. No es una niña muy quisquillosa.

Eliza lo vio caminar hacia el coche. En ningún momento él se giró para mirarla, antes de arrancar y alejarse. Era como si se hubiera olvidado de ella nada más salir de su casa.

Miró la tarjeta que tenía en la mano. Leo la había cambiado desde la última vez que lo vio. Era más suave, más resistente, más sofisticada.

Igual que él.

¿Por qué la quería de nuevo en su vida, aun cuando solo fuera una breve temporada? No era muy habitual que un hombre le pidiera a su examante que cuidara a la hija que había tenido con otra mujer. ¿Sería una especie de venganza? Fuera lo que fuera, Leo no se podía imaginar lo doloroso que resultaba para ella.

Nunca llegó a decirle que lo amaba. Tampoco le hablaba mucho de sí misma. Su apasionado idilio apenas les había dejado tiempo para confesiones mutuas, y ella lo había preferido así. Nunca había experimentado nada igual a nivel físico, aunque tampoco podía decir que tuviera mucha experiencia, ya que desde los dieciséis años solo había estado con Ewan. Leo le había abierto un paraíso de placer y sensualidad. La había hecho arder y gozar durante horas. Y bastaba con una mirada suya para hacerla temblar.

Lo había conocido el día que enterró a su padre. Estaba sentado en el bar del hotel en Roma, empleando un rato excesivamente largo para beberse un par de dedos de whisky. Ella ocupaba un sillón al fondo de la sala, apurando un cóctel escandalosamente caro que había pedido por impulso. Era su primera noche de libertad en mucho tiempo. Estaba en un país extranjero donde nadie la conocía, y la sensación de poder era tan embriagadora como la bebida. Nunca en su vida había abordado a un hombre en un bar.

Pero aquella noche era diferente.

Se había sentido inexplicablemente atraída hacia

él, como si de un hierro y un imán se trataran. Le extrañaba verlo solo y taciturno en aquel bar. No parecía el tipo de hombre al que le faltara la compañía. Era demasiado guapo y apuesto e iba demasiado bien vestido. Ella no entendía mucho de moda, pero podría jurar que su traje oscuro no había salido de unas rebajas.

Se había acercado a la barra y se había sentado en un taburete junto a él. Se había rozado el brazo desnudo contra su camisa de algodón y aún recordaba la sensación que se había apoderado de ella.

Él había girado la cabeza y otra descarga eléctrica había sacudido a Eliza al mirarlo a los ojos. A continuación le había mirado descaradamente la boca, fijándose en el perfecto contorno de sus labios, carnosos y enloquecedoramente sugerentes. Una barba incipiente le oscurecía el mentón y le confería un aspecto agresivo y varonil. Había bajado la mirada a la mano que descansaba en la barra, junto a la suya. Tenía la piel bronceada y salpicada de vello, y sus dedos eran largos y gruesos. Las manos de un hombre, fuertes, hábiles y con personalidad propia. Las suyas, en cambio, eran pequeñas, blancas y delicadas.

No podía recordar qué mano había tocado primero a la otra.

Al pensar en la noche que pasaron en la habitación de Leo seguía estremeciéndose de placer. Su cuerpo había respondido como la yesca a la llama. Había explotado en sus brazos una y otra vez. Pensaba que solo sería una aventura de una noche, la noche más increíble de su vida, y que nunca más volvería a verlo. Pero no había contado con el carisma y la determinación de Leo Valente. Aquella noche fue el inicio de un tórrido idilio de tres semanas. Y cada día que pasaban juntos le resultaba más difícil contarle la verdad. No quería arriesgar el poco tiempo que tenían, de modo que no le dijo nada.

El día antes de su regreso a casa Leo la había llevado a un restaurante de lujo. Había reservado un salón privado, lleno de rosas y velas. El champán esperaba en un cubo de hielo y de fondo sonaba una romántica balada.

A mitad de la cena él le había ofrecido un anillo de diamante. Ella se había quedado mirándolo en silencio un largo rato.

Y luego lo había mirado a los ojos para decirle que no.

Capítulo 3

CUANDO Eliza aterrizó en Nápoles, no se encontró a un chófer uniformado esperándola, sino al mismo Leo en persona. Él la saludó cortésmente, como si solo fuera la nueva niñera y no la mujer con la que una vez pensó en compartir su vida.

–¿Qué tal el vuelo? –le preguntó mientras agarraba su maleta.

–Muy bien, gracias –miró alrededor–. ¿No ha venido tu hija contigo?

La expresión de Leo se hizo aún más seria.

–No le gusta viajar en coche. Cuando lleguemos a casa ya se habrá acostado, así que la conocerás mañana.

Eliza lo siguió al coche. El aire napolitano la envolvía como una gruesa manta de calor. Era un clima muy distinto al frío y la lluvia que había dejado en Londres, pero tampoco la consolaba mucho.

Había llamado a la madre de Ewan para comunicarle su cambio de planes. Al principio Samantha se había llevado una amarga desilusión, pues siempre esperaba con entusiasmo las visitas de Eliza, sobre todo desde que Ewan ya no pudiera colmar sus sueños como hijo. Pero su relación siempre había sido amistosa y cordial. Eliza había encontrado en Samantha Brockman a la madre que siempre había querido tener. Una mujer que solo quisiera lo mejor para su hija, costase lo que costase.

Por ello le había resultado terriblemente duro romper la relación con Ewan. Sabía que si se separaba de Ewan perdería también el contacto con Samantha. Una madre jamás antepondría la amistad a un hijo.

Pero no fue así, porque Samantha seguía sin saber que Eliza había roto con su hijo la noche después del accidente. ¿Cómo podía decirle que todo había sido culpa suya? La policía atribuyó el accidente a una «distracción al volante», y desde entonces Eliza no había podido librarse de los remordimientos. Cada vez que pensaba en el estado en que habían quedado el cuerpo y la mente de Ewan sentía una angustia en el pecho que casi le impedía respirar. Y cuando veía a Samantha se sentía como una traidora y una embustera.

Ella y solo ella era la responsable de lo que le había pasado a Ewan.

Se giró el anillo en el dedo. Le quedaba demasiado holgado. Había pertenecido a Samantha, a quien se lo había entregado el padre de Ewan, Geoff, que murió cuando Ewan solo tenía cinco años. Samantha había dedicado su vida a criar a su hijo. Nunca volvió a casarse ni salió con nadie más. En una ocasión le dijo a Eliza que por los pocos años que había pasado con Geoff merecía la pena pasar sola el resto de su vida. Eliza admiraba su profunda lealtad y devoción. Pocas personas llegaban a sentir un amor tan fuerte que les durase toda la vida.

El tráfico de Nápoles era una auténtica locura. Las calles eran un enjambre de autobuses turísticos, taxis, bicicletas y motos en donde nadie parecía conocer, o respetar, el código de circulación. En medio de aquel caos de bocinazos, petardeos, frenazos y acelerones, los peatones más osados se jugaban la vida intentando cruzar de una acera a otra.

Eliza ahogó un grito cuando una Vespa se interpuso en el camino de un taxi.

–¡Ha estado a punto de chocarse!

Leo se encogió de hombros y se pasó a otro carril.

–Te acostumbrarás en unos días. La temporada turística es un poco frenética, pero fuera de temporada todo está mucho más tranquilo.

Transcurrió un largo silencio entre ellos.

–¿Tu madre aún vive? –le preguntó Eliza.

–Sí.

–¿La ves muy a menudo?

–No mucho.

–¿No estáis muy unidos?

–No.

Demasiada información en una sola palabra... Pero Leo no era el tipo de persona que intimara con nadie. A ella apenas le había contado nada de sí mismo. Solo le había dicho que sus padres estaban divorciados y que su madre vivía en Estados Unidos.

Eliza sabía que las relaciones entre padres e hijos no siempre eran ideales. Ella había cometido el error de buscar a su padre unos años antes. La búsqueda la condujo a una prisión de máxima seguridad. Ron Grandy, con quien su madre nunca había llegado a casarse, gracias a Dios, no mostró el menor interés en ella como hija ni como persona. Solo quería convertirla en un camello. Eliza nunca más volvió a verlo.

–Lo siento... Es muy triste no tener una buena relación con un padre.

–No quiero tener ninguna relación con ella. Me abandonó cuando era niño para irse con su amante. ¿Qué tipo de madre le hace eso a un hijo pequeño?

Las madres con problemas, las madres heridas, las madres que habían sufrido abusos, las madres drogo-dependientes, las madres adolescentes..., enumeró Eliza en silencio. Había conocido a muchas así, les daba clases a sus hijos, y su propia madre había sido una de ellas. Eran personas que no podían querer a sus hijos porque ni siquiera podían quererse a sí mismas.

—No siempre es fácil ser madre. Creo que para algunas mujeres es más difícil que para otras.

—¿Qué me dices de ti? —la miró fugazmente—. ¿Piensas tener hijos con tu novio?

Eliza se miró las manos. El diamante del anillo destellaba con silenciosa complicidad.

—Ewan no puede tener hijos.

El silencio se alargó unos minutos. Eliza lo sentía palpitando en sus oídos.

—Debe de ser muy duro para alguien como tú —dijo él—. Está claro que te gustan los niños.

—Así es, pero no se puede hacer nada.

—¿Y la inseminación artificial?

—No me planteo esa opción.

—¿Por qué sigues con él si no puede darte lo que más quieres?

—Hay una cosa que se llama compromiso —apretó los puños con tanta fuerza que el diamante se le clavó en el dedo—. No puedes huir de una situación solo porque no salga como tú quieres. Hay que aprender a adaptarse y sacar lo mejor de las cosas.

Él volvió a mirarla.

—Algo me dice que no te estás adaptando tan bien como te gustaría.

—¿Por qué lo dices? No me conoces.

—Sé que no estás enamorada.

Eliza lo miró y se puso a la defensiva.

–¿Estabas tú enamorado de tu mujer?

Los labios de Leo se contrajeron por un instante en una mueca de tensión, y sus manos apretaron de manera casi imperceptible el volante.

–No, pero ella tampoco lo estaba de mí.

–Entonces ¿por qué os casasteis?

–Giulia se quedó embarazada.

–Muy noble por tu parte. Hoy en día casi ningún hombre se casa por culpa de un embarazo no deseado.

Los nudillos de Leo palidecieron, como si se estuviera obligando a aflojar las manos.

–Siempre uso protección, pero la única vez que nos acostamos fallaron los medios anticonceptivos. Al principio pensé que había sido un accidente, pero más tarde ella me confesó que lo había hecho a propósito. Hice lo que tenía que hacer y le di mi apellido a ella y a nuestra hija.

–Supongo que vuestra relación habrá sido muy delicada...

–Quiero a mi hija –declaró él–. Tal vez me engañaran para tenerla, pero eso no hace que la quiera menos.

–No estaba insinuando que...

–Había decidido casarme con Giulia, aunque Alessandra no fuera mía.

–¿Pero por qué? Has dicho que no estabas enamorado de ella.

–Los dos nos encontrábamos en una encrucijada. El hombre con quien ella esperaba casarse la había dejado plantada –torció el gesto con ironía–. Se podría decir que teníamos eso en común.

Eliza frunció el ceño con disgusto.

–¿De modo que solo fue un ligue de compasión para los dos?

Él la miró un instante a los ojos, antes de volver a concentrarse en el tráfico.

—El matrimonio puede funcionar igual de bien, incluso mejor, cuando no hay amor por medio. Y habría funcionado si a Giulia no la hubiese afectado tanto el nacimiento de Alessandra. Fue un parto difícil. Nunca llegó a desarrollar un vínculo con su hija.

Eliza había conocido a muchas madres que no aceptaban a sus bebés. La presión por ser una madre modelo era especialmente angustiosa en aquellas jóvenes que no habían sentido el impulso maternal.

—Lo siento mucho... Tuvo que ser muy duro para ti, intentar apoyarla en esas circunstancia.

Leo frunció los labios con pesar.

—Sí, lo fue.

Se quedó callado y Eliza se giró hacia la ventanilla para contemplar el paisaje de la Costa Amalfitana. Pero por dentro seguía dándole vueltas al matrimonio sin amor de Leo, a las razones que lo llevaron a dar ese paso, a las dificultades que tuvo que superar y a su trágico final.

No se dio cuenta de que se había quedado dormida hasta que el coche se detuvo. Abrió los ojos y se encontró en el patio delantero de una inmensa villa que se levantaba al borde de un acantilado.

—Esta no es la casa que tenías antes —observó—. Es mucho mayor.

Leo le abrió la puerta.

—Necesitaba un cambio.

Eliza se preguntó si su vieja casa albergaría demasiados recuerdos de su aventura. Habían hecho el amor en todas las habitaciones y también en la piscina. Tal

vez le había resultado imposible seguir viviendo allí
después de que ella lo dejara... Eliza había pensado a
menudo en su pintoresca y soleada villa, emplazada
en la ladera de una colina, tan aislada que la única persona a la que veían era al ama de llaves que iba a lim-
piar una vez a la semana.

Una casa como aquella, en cambio, necesitaría un
ejército de criados para mantenerla. De camino a la
puerta Eliza atisbó una enorme piscina en el exube-
rante jardín trasero. Las buganvillas cubrían el muro
de piedra que protegía de la brisa marina, y la fragancia del azahar y del romero impregnaba el aire. Las
macetas y parterres salpicaban el patio empedrado, y
un emparrado recubierto de glicinia creaba un dosel
perfumado que conducía a una gran fuente de mármol.

Un ama de llaves abrió la puerta principal y los saludó en italiano.

–*Signor Valente, signorina, benvenuti...*

–En inglés, Marella, por favor –le pidió Leo–. La
señorita Lincoln no habla italiano.

–En realidad sí que hablo un poco –aclaró ella–.
Hace un par de años tuve a un niño italiano en mi clase.
Llegué a conocer bien a su madre y nos dimos clases
de idiomas la una a la otra.

–Preferiría que hablaras en inglés con mi hija –dijo
Leo–. La ayudará a desenvolverse en el idioma. Marella te enseñará tu habitación. Nos veremos en la
cena.

Eliza frunció el ceño mientras él se alejaba hacia la
gran escalera del vestíbulo. Había vuelto a despa-
charla como si no fuera más que un estorbo.

–Está bajo una gran presión –dijo Marella, sacu-
diendo tristemente la cabeza–. Trabaja muy duro, se
preocupa por su *bambina,* nunca descansa. Su mujer...

–alzó las manos al aire–. No me hagas hablar de ella. No se debe hablar mal de los muertos, ¿verdad?

–Imagino que habrán sido momentos muy difíciles.

–Esa niña necesita una madre. Pero el *signor* Valente no volverá a casarse. No después de lo que pasó la última vez.

–Estoy segura de que si encontrara a la persona adecuada...

Marella volvió a menear la cabeza.

–¿Cómo es ese refrán? Gato escaldado del agua fría huye. Y además, ¿qué mujer aceptaría hacerse cargo de su niña pequeña?

–Seguro que Alessandra es una niña encantadora que solo necesita tiempo para asimilar la pérdida de su madre. Es un golpe muy duro para un niño pequeño, pero lo superará con la atención adecuada.

–Pobre *bambina*... –los ojos de Marella se llenaron de lágrimas y se los secó con la punta del delantal–. Vamos, le enseñaré su habitación. Giuseppe subirá su equipaje.

Mientras seguía al ama de llaves por la escalera, se fijó en las valiosísimas obras de arte que colgaban de las paredes y del pasillo. Hacía falta una inmensa fortuna para adquirir una colección semejante. Y no solo los cuadros. Las estatuas de mármol, las antigüedades y las alfombras persas rezumaban riqueza y poder. Era el paraíso de un millonario, pero no transmitía una sensación hogareña.

–Esta es su habitación –dijo Marella–. La cena es a las ocho y media. ¿Quiere que deshaga el equipaje?

–No, gracias. ¿Dónde duerme Alessandra?

Marella señaló hacia el pasillo.

–En la segunda habitación pasando el baño. Ahora

estará durmiendo; de lo contrario la llevaría a conocerla. La chica de la agencia se quedará hasta mañana, así que puede descansar hasta entonces.

–¿No sería mejor que me instalara lo más cerca posible de ella cuando se marche la chica?

–El *signor* Valente me dijo que la instalara en esta habitación. Pero se lo preguntaré.

–No, no se preocupe. Hablaré con él más tarde.

Eliza entró en la habitación asignada y casi se sintió engullida por la gruesa alfombra. Las arañas de cristal colgaban de un techo altísimo y había apliques similares en las paredes, pintadas de azul con una franja dorada. Los muebles eran antiguos. La enorme cama con su cabecera de terciopelo estaba preparada con sábanas inmaculadamente blancas y un surtido de cojines y almohadones azules y dorados, a juego con las paredes. Las cortinas de terciopelo azul marino enmarcaban las grandes ventanas con vistas a los jardines y a los lejanos limoneros y olivares.

Después de ducharse y cambiarse de ropa aún le quedaba media hora hasta la cena, de modo que recorrió el pasillo hasta la habitación que le había indicado Marella. Pensó que sería buena idea conocer a la chica de la agencia y preguntarle la rutina de Alessandra, pero se encontró con la puerta entreabierta y oyó la ducha del baño, al otro lado del pasillo. Lo más prudente sería esperar a que volviera, pero la curiosidad fue demasiado fuerte y la empujó hacia la cuna donde dormía un angelito de pelo negro y piel de alabastro. Unas pestañas negras abanicaban las mejillas, y una boquita de piñón entreabierta tomaba y expulsaba el aire. Parecía muy pequeña para su edad, y muy frágil. Eliza se acercó y le apartó con cuidado un rizo de la frente mientras un anhelo maternal le retorcía las entrañas.

Aquella podría haber sido su hija... De Leo y de ella.

Siempre había querido formar su propia familia. Por eso se había comprometido con Ewan cuando solo tenía diecinueve años. Para casarse y tener hijos siendo aún joven y así construir la base de amor y seguridad que ella nunca tuvo.

Pero la vida se empeñaba en frustrar los planes meticulosamente trazados.

–¿*Mamma?* –preguntó una vocecita en italiano.

Eliza sintió que se le encogía el corazón.

–Tranquila, Alessandra –le dijo mientras volvía a acariciarle el pelo–. Vuelve a dormir.

La manita de la niña encontró la suya y le agarró dos dedos. No parecía haberse despertado, porque sus ojos seguían cerrados. Al cabo de unos segundos su respiración se sosegó y su cuerpo se relajó con un suspiro que volvió a tocar la fibra sensible de Eliza.

Contempló los diminutos dedos que seguían aferrados a los suyos. Qué tragedia para una niña tan pequeña perder a su madre. ¿Quién estaría junto a ella durante su infancia, los difíciles años de adolescencia y cuando se convirtiera en una mujer? Niñeras, tutoras y la ininterrumpida sucesión de amantes que entraban y salían de la vida de Leo. ¿Qué tipo de educación se podía esperar de un ambiente así? Eliza sabía lo que era sufrir el rechazo ajeno. Toda su vida había intentado curar la herida que le había dejado la muerte de su madre... la horrible sensación de que había muerto por su culpa. ¿También Alessandra se sentiría culpable? ¿Sería su vida una eterna búsqueda para llenar el doloroso vacío de su alma?

Oyó un ruido en la puerta y se giró para encontrarse

con Leo, quien la miraba con una expresión inescrutable.

–¿Dónde está Laura, la chica de la agencia?

–Creo que se está duchando. La puerta estaba abierta y...

–No empiezas a trabajar hasta mañana.

A Eliza no le importaba que la reprendieran por hacer algo tan natural para ella como respirar. Los niños pequeños necesitaban consuelo y atención continua, incluso mientras dormían.

–Tu hija parecía inquieta. Empezó a llamar a su madre y rápidamente la tranquilicé para que volviera a dormirse.

Un destello de dolor cruzó fugazmente la mirada de Leo.

–Marella está esperando para servir la cena –mantuvo la puerta abierta–. Te veré abajo.

–Se parece mucho a ti –dijo Eliza sin poder evitarlo.

Leo tardó unos momentos en responder.

–Sí... –fue todo lo que dijo, pero su tensión era palpable.

Eliza tragó saliva, de nuevo invadida por los remordimientos. Si las cosas hubieran sido distintas los dos estarían contemplando con amor y orgullo a aquella preciosa niña. Incluso podrían haber tenido otro hijo. La familia que ella siempre había anhelado podría haber sido suya, pero en una noche fatídica cambió el curso de su vida.

–¿Mamá?

Eliza se giró hacia la cuna, donde Alessandra se había incorporado por sí misma y se aferraba a la barandilla con una mano mientras con la otra se frotaba los ojos.

–Quiero a mamá –gimió.

Eliza se acercó y la levantó en brazos para apretarla contra su pecho.

–No soy tu mamá, pero he venido a cuidar de ti –le dijo mientras le acariciaba la espalda.

–Quiero a Kathleen –protestó la niña, intentando soltarse.

–Kathleen ha tenido que irse a ver a su familia –le explicó Eliza mientras la mecía suavemente–. Pero volverá muy pronto.

–¿Dónde está papá?

–Estoy aquí, *ma piccola* –dijo Leo con una voz suave y tranquilizadora mientras le ponía la mano en el pelo.

–He mojado la cama –confesó tímidamente la niña.

Eliza sintió la humedad en el brazo con que sostenía el trasero de la pequeña. Miró a Leo y él se encogió de hombros.

–No quiere que le pongan pañales para dormir.

–No quiero pañales –declaró Alessandra con un mohín y los ojos medio cerrados–. Soy una niña grande.

–Claro que sí –corroboró Eliza–. Pero hasta las niñas grandes necesitan un poco de ayuda de vez en cuando. A lo mejor podrías usar braguitas pañales por un tiempo. He visto algunos muy bonitos, con gatitos rosas. ¿Te gustaría?

Alessandra se metió el pulgar en la boca a modo de respuesta.

–Vamos a cambiarte, ¿sí? –le propuso Eliza mientras la llevaba al cambiador, en un rincón del cuarto–. ¿Quieres un pijama rosa o azul?

–No sé los colores –dijo la niña, sin sacarse el dedo de la boca.

–Bueno, puedo enseñártelos mientras estoy aquí.

–Sería una pérdida de tiempo –dijo Leo.

Eliza lo miró con el ceño fruncido. Los niños pequeños no debían recibir mensajes negativos sobre su capacidad de aprendizaje. Sus motivaciones y habilidades podrían verse gravemente afectadas para toda la vida.

–¿Cómo dices?

–Mi hija nunca aprenderá los colores.

–Eso es absurdo. ¿Por qué no?

Leo la miró muy seriamente.

–Porque es ciega.

Capítulo 4

ELIZA se quedó mirándolo absolutamente con-
mocionada.

¿Ciega? ¿Alessandra era ciega?

El corazón le golpeaba las costillas como un pén-
dulo aporreado por un mazo. ¿Cómo podía ser tan
cruel la vida? ¿No tenía bastante aquella pobre chica
con haber perdido a su madre?

Y qué terrible debía de ser también para Leo, pensando en todos los obstáculos que su hijita tendría que
afrontar a lo largo de toda su vida. Todas las cosas que
jamás podría hacer, toda la belleza que jamás podría
contemplar, condenada a una oscuridad eterna...

–Lo siento. No me había dado...

–¿Me cuentas un cuento? –le preguntó Alessandra
desde el cambiador.

–Pues claro. Pero después tendrás que volver a dormir –pobre criatura... ¿cómo podía saber que era de
noche?

En aquel momento llegó Laura, la chica de la agencia.

–Oh, lo siento. ¿Se ha despertado?

–Hay que cambiar las sábanas de la cuna –dijo Leo
con voz cortante.

–Enseguida –respondió Laura, y se apresuró a hacerlo mientras Eliza terminaba de cambiar a la niña.

–Conozco el cuento perfecto para ti. ¿Te gustan los
perros?

–Sí, pero mi papá no me deja tener uno. Dice que tengo que esperar hasta ser mayor. Yo no quiero esperar a ser mayor. Quiero un perrito ahora.

–Seguro que sabe lo que más te conviene. Y ahora vamos a acostarte y a empezar con el cuento.

–¿Dónde está Kathleen? ¿Por qué no está aquí? Quiero a Kathleen. ¡Ahora! –empezó a patalear en la cuna.

–Te he dicho que ha tenido que irse a ver a su familia –le recordó su padre.

–¡Pero quiero que esté aquí conmigo!

Eliza podía reconocer en Alessandra a una niña muy inteligente que estaba acostumbrada a salirse siempre con la suya. Era algo común tras la muerte de uno de los progenitores que el otro intentara compensar la pérdida con un exceso de indulgencia y permisividad. Y también era común en el trato que se les daba a los niños discapacitados. Aquella niña estaba acostumbrada a ser el centro de atención y no perdía ocasión de hacer valer su poder.

–Kathleen no volverá hasta el mes que viene –le explicó ella–. Pero tu papá podría pedirle que te llame mientras esté fuera.

–¿Me echa de menos?

–Por supuesto que sí. Y ahora deja de patalear y relájate, o no podré contarte el cuento.

–¿Cuánto vas a quedarte tú?

Eliza miró a Leo, pero su expresión permanecía inalterable.

–No pensemos en eso ahora. Lo importante es que vuelvas a dormirte. Vamos a ver. *Había una vez un perrito al que le encantaba perseguir...*

* * *

–¿Se ha dormido? –le preguntó Leo cuando ella bajó unos minutos más tarde.

–Sí –lo miró fijamente y con el ceño fruncido–. ¿Por qué no me lo dijiste?

–Te lo he dicho.

–Me refiero desde el principio.

–¿Habría influido en tu decisión?

–No, pero me habría gustado saber lo que iba a encontrarme. Me podría haber preparado mejor.

–La vida no siempre nos da la oportunidad de prepararnos para lo que nos tiene reservado.

Precisamente a ella se lo iba a contar...

–Es una niña preciosa, pero un poco testaruda.

–¿Insinúas que soy un mal padre?

–No, de ninguna manera. Está claro que la quieres, pero ella parece ejercer un control absoluto en todos los que la rodean. Esa impresión puede ser muy perjudicial para un niño pequeño. Tiene que saber quién está al mando, sobre todo si es una niña con necesidades especiales. ¿Desde cuándo...?

–Desde que nació.

A Eliza se le volvió a encoger el corazón.

–Debió de ser un golpe muy duro para ti y para tu mujer –odiaba pronunciar aquellas palabras. «Tu mujer».

–Lo fue. Giulia nunca consiguió superarlo. Se culpaba a sí misma.

–Creo que todas las madres se culpan a sí mismas, sin importar las circunstancias.

–Tal vez, pero el caso de Giulia fue especialmente difícil. Creía que estaba siendo castigada por haberme tendido una trampa.

–¿Tú la culpabas?

–Pues claro que no. No fue culpa de nadie. Ales-

sandra fue un bebé prematuro y nació con una fibro-
plastia retrolental, también conocida como Retinopa-
tía del prematuro.

—¿No se puede hacer nada?

—Nada de nada. Alessandra solo puede distinguir la
luz de la oscuridad. Es y será ciega toda su vida.

Eliza percibió el dolor en su voz y expresión. No
era extraño que le hubieran aparecido canas en las sienes ni que sus ojos y boca estuvieran rodeados de arrugas. ¿Qué padre podía recibir una noticia tan devasta-
dora sin que lo afectara física y emocionalmente?

—Lo siento mucho. No puedo imaginarme lo difícil
que tiene que ser para ti.

—Quiero lo mejor para mi hija —declaró con una fé-
rrea determinación—. Haré lo que haga falta para que
tenga una vida plena y feliz.

—¿Y qué esperas ganar de mí como su niñera?

—Eres una maestra excelente. Comprendes a los niños pequeños.

—Nunca he trabajado con una niña invidente. Tan
solo con un sordo, una vez.

—Estoy seguro de que encontrarás la manera de
aprovechar el tiempo al máximo. Al fin y al cabo, voy
a pagarte una fortuna.

Eliza frunció el ceño.

—No se trata de dinero.

—¿No?

—No me malinterpretes. Me alegra que hayas do-
nado ese dinero a la escuela, pero hago esto por interés. No soy esa clase de persona.

—¿Tu novio es rico?

Eliza sintió cómo la penetraba con su mirada cínica
y abrasadora. El dinero del seguro y la modesta heren-
cia de su padre le habían proporcionado a Ewan, y a

su madre, un sustento razonablemente seguro para el resto de su vida. Sin ese dinero lo habrían pasado realmente mal.

–Tiene lo suficiente para su... nuestro futuro.

–¿A qué se dedica?

Eliza no supo qué contestar. ¿Debería hablarle del accidente de Ewan? Si se lo contaba, tendría que confesarle también la parte que ella jugó en el mismo. ¿Y qué pensaría entonces de ella?

Aún seguía viendo el rostro de Ewan la noche que rompió con él, desencajado en una horrible mueca de pasmo y dolor. Su reacción había sido la misma que si hubiera recibido un fuerte puñetazo en la cara. Hasta su piel se había quedado blanca como la cal. Desde entonces Eliza se había preguntado si podría haberlo preparado mejor para la ruptura, en vez de comunicárselo de aquella manera tan inesperada. Durante muchos meses había intentado sacar adelante la relación, sin decir nada. Pero cada día le resultaba más difícil imaginarse un futuro con él. Lo quería más como un amigo que como una pareja para toda la vida. El sexo había llegado a convertirse en una rutina mecánica, desprovista de todo placer y emoción. Pero aun así había sido muy duro tomar la decisión, pues Ewan y su madre eran la única familia que ella había conocido tras su traumática infancia.

Y además, Ewan la amaba de verdad. Desde el primer día, en sexto curso, cuando la ayudó a recoger los libros que ella había tirado en el suelo después de que la hubieran enviado con otra familia adoptiva. Era la chica nueva del pueblo, y Ewan la había tomado bajo su protección para ayudarla a adaptarse. Recibir el cariño y el apoyo de alguien había sido una experiencia inédita para ella, que hasta ese momento siempre se había sentido fuera de lugar, como una carga que la gente soportaba solo porque era lo correcto. El amor incondicional de Ewan la había hecho sentirse mejor consigo misma. Más fuerte, más digna, incluso más hermosa.

Por desgracia, ella nunca había podido amarlo como él la amaba.

–Tiene su propio negocio –dijo finalmente, lo cual no era del todo una mentira–. Inversiones, acciones... ese tipo de cosas.

Marella llegó en ese momento y la conversación tomó otros derroteros una vez que ocuparon sus sitios en la mesa. Eliza no tenía apetito. Se le había formado un nudo en el estómago y las sienes le palpitaban dolorosamente. Tampoco Leo parecía tener mucha hambre. Apenas había probado el primer plato y solo había tomado un par de sorbos de vino. Tenía el ceño fruncido y se lo veía tenso y rígido.

–Me culpas a mí, ¿verdad? –dijo ella, rompiendo el silencio sepulcral.

Los ojos de Leo eran como dos diamantes, fríos e impenetrables.

–¿Por qué lo dices?

Eliza respiró hondo y dejó la servilleta a un lado.

–Entiendo tu frustración y desesperación por tu hija, pero yo no tengo la culpa de nada.

Él se levantó tan rápido que hizo vibrar los vasos y copas de la mesa.

–Me has mentido –masculló entre dientes–. Me mentiste desde que nos conocimos.

Eliza se puso en pie.

–Te mentiste a ti mismo, Leo. Querías una esposa y elegiste a la primer mujer que cumpliera tus requisitos.

–¿Por qué te acercaste a mí aquella noche en el bar?

Era casi imposible sostenerla la mirada.

–No tenía nada que hacer. Estaba sola y aturdida por el cambio de horario. No tengo otra excusa. Nunca lo había hecho antes...

–Déjame decirte por qué lo hiciste –replicó él con una mueca desdeñosa–. Estabas caliente y tenías a tu novio a miles de kilómetros. Necesitabas a un semental para desfogarte.

–¡Cállate! –exclamó Eliza, tapándose las orejas con las manos–. Lo que dices es repugnante.

Él la agarró fuertemente por las muñecas y le hizo bajar las manos. Su contacto le prendió fuego en las venas y una intensa contracción en la entrepierna. Todo su cuerpo recordaba sus poderosas embestidas. La había penetrado con una furia salvaje, casi animal, y ella había gozado hasta el último segundo.

–Todavía lo sigues sintiendo, ¿verdad?

–No –negó ella, pero su cuerpo ya empezaba a traicionarla.

–Mentirosa... –le levantó la barbilla y le clavó una mirada abrasadora.

–No hagas esto –murmuró, pero no sabía a cuál de los dos se lo estaba suplicando.

–Todavía me deseas. Lo vi el primer día, cuando fui a tu casa.

–Te equivocas –era difícil negarlo cuando se estaba frotando desesperadamente contra su pelvis.

Él la agarró por el trasero y la apretó contra su erección.

–Es esto lo que quieres, ¿verdad? Lo deseas con locura, igual que hace cuatro años.

Eliza intentó apartarlo, pero era como si una mosca intentara derribar un rascacielos.

–Cállate, por favor... –intentó tragar saliva, pero un nudo de emoción le oprimía la garganta.

No quería derrumbarse delante de él. Odiaba ser tan débil y vulnerable, destrozada emocionalmente, como cuando tenía siete años.

Pero ella ya no era aquella niña pequeña.

Era una mujer adulta, fuerte e independiente.

Tenía que serlo.

Tenía que sobrevivir.

Y para ello tenía que resistir la tentación de perderse en el mundo de Leo Valente, el único hombre que podía echar por tierra sus defensas. Su armadura la había protegido bien hasta ese momento, pero ante Leo se sentía desnuda e indefensa.

–Lo siento... –cerró fuertemente los ojos–. Solo necesito un momento.

Él la soltó como si le hubiera quemado de repente.

–Ahórrate las lágrimas. No es tu compasión lo que quiero.

Eliza se obligó a mirarlo a los ojos.

–¿Y qué es lo que quieres?

–Ya te lo he dicho. Quiero lo mejor para mi hija –se alejó hacia el otro lado del comedor, antes de volver a mirarla–. Deberías irte a la cama. Alessandra no es fácil, y vas a necesitar todas tus energías para tratar con ella.

–Estoy acostumbrada a tratar con niños difíciles. Así me gano la vida.

–Ya... –le ofreció un atisbo de sonrisa–. Buenas noches, Eliza.

De nuevo la estaba despachando. Pero ella no quería irse a la cama. Quería pasar más tiempo con él, descubriendo al hombre en que se había convertido. Un hombre solitario y aislado que debía cuidar de una niña ciega y huérfana de madre. Aquello explicaba la cautela, la tensión y el recelo que emanaban su expresión y su cuerpo.

–Leo... –dio un paso hacia él, pero se detuvo al ver el destello en sus ojos–. Creo que para Alessandra es importante que parezcamos amigos en vez de enemigos.

–¿Y cómo sugieres que lo hagamos?

Estaba tan cerca de él que veía la barba incipiente que empezaba a brotar en su mandíbula. Se fijó en su boca y el estómago le dio un vuelco al recordar la pasión y habilidad con que la habían besado y explorado su cuerpo centímetro a centímetro. ¿Lo estaría recordando también él? ¿Estaría reviviendo en su cabeza las eróticas escenas y sintiendo la reacción de su cuerpo?

–Creo... creo que es importante que guardemos las formas entre nosotros.

–¿Las formas? –sus oscuros ojos ardieron amenazadoramente.

–Sí... educados, amables... ya sabes –tragó saliva con gran dificultad–. No tenemos por qué estar insultándonos. Los dos somos adultos y creo que deberíamos comportarnos como tales, como si... bueno, como si nos gustara estar juntos... al menos cuando estemos delante de Alessandra.

–¿Y cuando estemos solos? –arqueó una ceja con sarcasmo–. ¿Seguiremos fingiendo que nos gusta estar juntos?

Eliza sintió un escalofrío en la espalda. Estar a solas con él era la situación que tendría que evitar a toda costa. La tentación de arrojarse a sus brazos siempre había sido su perdición. Él solo tenía que tocarla para que el cuerpo le estallara en llamas. Decía que no la deseaba, pero el brillo de deseo era inconfundible en sus ojos.

Él sabía muy bien lo que le provocaba con un simple roce de sus manos. Era como un maestro tañendo las cuerdas de un delicado instrumento de incalculable valor. Nadie podía provocarle las mismas reacciones que Leo. Y en aquel momento volvía a hacerlo, acariciándola no con los dedos, sino con una mirada intensa y escrutadora. Eliza sintió el hormigueo en los labios cuando su mirada se detuvo en ellos, como si estuviera recordando su sabor. El hormigueo se extendió hacia sus pechos cuando Leo bajó la mirada. ¿Estaría recordando cómo se le endurecían los pezones al lamerlos y morderlos? ¿Cómo gemía de placer cuando sus dientes le rozaban la carne trémula y sensible? El calor prendió entre sus muslos, sin necesidad de que él llegara tan abajo con la mirada. ¿Estaría recordando las sensaciones al hundirse en su cuerpo y llevarlos a ambos al éxtasis?

–No he venido para pasar tiempo contigo –le aclaró ella–. Estoy aquí para ocuparme de tu hija. Para eso me pagas, ¿no?

Leo la miró con una expresión inescrutable, pero Eliza detectó la tensión en su mandíbula.

–En efecto –se desplazó hacia la puerta–. Voy a salir un rato. No sé a qué hora volveré.

–¿Adónde vas? –preguntó ella, y se reprendió mentalmente por parecer una esposa celosa y desconfiada.

Él la miró con ironía desde la puerta.

–¿Adónde crees que voy?

A Eliza se le cayó el alma a los pies. Tenía una amante... Por eso se apartaba de ella. Ya tenía a otra que le colmara sus necesidades. ¿Quién sería? ¿Sería alguien del pueblo? ¿La tendría alojada en una casa cercana? ¿Tal vez la misma villa donde habían pasado tres semanas maravillosas?

–Veo que ser viudo y padre soltero no supone ningún inconveniente en tu vida sexual...

–No te pago para que hagas comentarios sobre mi vida privada.

–¿También a ella le has hecho firmar un acuerdo de confidencialidad? ¿Le pagas una fortuna para que mantenga la boca cerrada y las piernas abiertas?

En el silencio que siguió a sus palabras Eliza sintió la tensión y la ira de Leo consumiendo el aire, hasta que le resultó difícil respirar. Se había pasado de la raya. Había perdido el control de sus emociones y le había revelado a Leo su debilidad.

–¿No te parece que los celos están fuera de lugar, llevando el anillo de otro hombre? –le preguntó él en un tono engañosamente tranquilo.

Eliza se obligó a sostenerle la mirada.

–Las relaciones no se pueden basar en un contrato. No puedes hacerle eso a las personas. No está bien.

Leo esbozó una media sonrisa burlona.

–A ver si lo entiendo... ¿Me estás diciendo lo que está bien y lo que está mal?

Eliza respiró hondo para intentar controlarse.

–Lo siento. No tenía que haber dicho nada. No es asunto mío lo que hagas ni con quién.

–Tienes razón. No es asunto tuyo –espetó, y se dio la vuelta.

Se marchó dando un portazo y Eliza empezó a torturarse a sí misma, imaginándose adónde iría y qué haría.

Capítulo 5

LEO soltó las amarras de su lancha motora y se alejó lo bastante del puerto para poder contemplar las luces de la Costa Amalfitana. Echó el ancla y se sentó para relajarse con el suave murmullo de las olas y el lejano sonido de las jarcias de un yate. Una luna casi llena proyectaba su resplandor plateado sobre la superficie del océano. Era lo más cerca que podía estar de la paz.

Eliza pensaba que se había ido en busca de su amante. Qué tontería. Hacía diez meses que no estaba con nadie, desde la muerte de Giulia, y ni siquiera con ella había tenido una relación sexual plena y satisfactoria. Al principio se había esforzado por que las cosas fueran de otro modo, pero siempre había sabido que su mujer pensaba en otro mientras se acostaba con él.

¿Y acaso no había hecho él lo mismo?

No quería humillar a Giulia tratándola como una sustituta, de manera que al final acordaron renunciar al sexo. Ella le dijo que podía hacer lo que quisiera y con quien quisiera, pero él no había querido desahogarse con nadie más y se había concentrado por entero en sus responsabilidades paternales y laborales.

La reacción que Eliza le había provocado, sin embargo, le recordaba que no podía seguir ignorando las necesidades de su cuerpo. La había deseado con tanto fervor que había tenido que emplear toda su fuerza de voluntad para no pegarla a la pared y hacerle lo que ambos sabían hacer tan bien. Aún podía sentir el roce de su entrepierna y de sus pechos, acuciándolo a redescubrir sus sensuales contornos...

Su intención había sido mantener las distancias durante todo el mes. Se había convencido de que podría ceñirse a una relación estrictamente profesional con ella. Pero, al verlo en perspectiva, tenía que admitir que la llamada que recibió de Kathleen en Londres lo había vuelto todo del revés. Estaba acostumbrado a tenerlo todo meticulosamente controlado. Sus asuntos domésticos marchaban como un reloj. Cuando Kathleen le suplicó que le concediera un poco de tiempo libre, la primera persona en quién pensó fue Eliza. Se había convencido de que quería buscarla por motivos exclusivamente profesionales. No en vano era una profesora competente y estaba acostumbrada a tratar con niños difíciles y necesitados. Pero ¿y si una parte de su subconsciente le había hecho tomar la decisión por un motivo completamente distinto?

¿Y si seguía deseándola?

¿A quién pretendía engañar? Por supuesto que aún la deseaba. Pero ¿bastaría un mes para acabar con aquel tormento? Las tres semanas que habían compartido seguían grabadas en su memoria y en cada palmo de su cuerpo.

Una aventura crearía muchos problemas, sin duda, pero estaba acostumbrado a compartimentarlo todo en su vida y podría archivar su relación con ella en la carpeta de asuntos temporales. ¿No era eso lo que ella quería? Al fin y al cabo, había tenido cuatro años para romper con su novio y no lo había hecho.

Leo no se explicaba cómo Eliza había podido caer tan bajo. ¿Qué demonios tenía su novio que no tuviera él? Le había ofrecido una vida de lujos, amor y compromiso, y ella se la había arrojado a la cara. ¿Por qué? ¿Qué la ataba a un hombre con quién aún no se había casado? Ni siquiera vivían juntos. ¿Qué clase de poder ejercía sobre ella? ¿O quizá era todo una farsa con la que poder librarse de cualquier pesado? Su anillo ni siquiera parecía de diseño. ¿Lo llevaría tan solo para aparentar que estaba comprometida? Pero, aunque de verdad tuviera un novio, Leo estaba convencido de que ella no estaba enamorada. ¿Cómo podía amar a otro y al mismo tiempo mirarlo a él de aquella manera? No eran imaginaciones suyas. Desde el primer momento que la vio sintió una conexión que nunca antes había sentido y que nunca más había vuelto a sentir con nadie.

Pero aquella vez no iba a ofrecerle más que una aventura; un breve, pero intenso, idilio de verano. Sería él quien impusiera las reglas y fijara los límites, sin pensar en los aspectos morales de sus actos. Si ella estaba dispuesta a traicionar a su novio, en caso de que realmente hubiera un novio, él no tenía nada que objetar.

A fin de cuentas, Eliza siempre podría negarse...

A las dos de la mañana Eliza había renunciado a conciliar el sueño. No era por el jet-lag ni por la cama, sino por la inquietud que le impedía relajarse. Un vaso de leche caliente la ayudaría, pero no querría arriesgarse a tropezarse con Leo si bajaba a la cocina. Aunque por otro lado, ¿por qué iba Leo a regresar a casa si estaba con su última amante?

Se puso una bata y bajó por la escalera, iluminada por la luz de la luna. Al pisar el último escalón se abrió la puerta. Eliza ahogó un gemido y se llevó una mano a la garganta.

—¿Leo?

—¿A quién más esperabas?

—No esperaba a nadie. Y a ti tampoco. Iba a la cocina por algo caliente.

—Pues no dejes que te detenga.

Eliza se fijó en su pelo, revuelto como si acabara de levantarse de la cama... o de acostarse con alguien.

—¿Qué tal tu velada? ¿Ha estado a la altura de tus expectativas?

A la pálida luz de la luna vio como curvaba los labios en una pícara sonrisa.

—Ha sido muy agradable.

Una punzada de celos le traspasó el estómago. ¿Cómo podía ser tan... descarado?

—Me lo imagino.

—Seguro que sí.

—¿Qué quieres decir con eso? —preguntó ella con el ceño fruncido.

Leo sonrió aún más.

—Bueno... tú sabes muy bien lo que es pasar una agradable velada conmigo, ¿no?

Eliza apretó los labios. No quería que le recordara las noches que habían pasado gritando de placer en la cama. Se había pasado los últimos cuatro años intentando olvidar.

—Lo siento si te bajo el ego, pero no me dejaste una impresión tan grande. Apenas recuerdo nada de aquella aventura, salvo que me sentí muy aliviada cuando se terminó.

—Mientes.

—Eso es lo que realmente te molesta, ¿verdad, Leo? Incluso después de todo este tiempo. Fui la primera mujer que te dijo que no. Podrías tener a cualquiera, menos a mí.

–A ti también podría tenerte –sus ojos ardieron con un fuego salvaje–. Podría tenerte aquí y ahora, y ambos lo sabemos.

Ella soltó una carcajada patética y temblorosa.

–Me encantaría ver cómo lo intentas.

Sin apartar los ojos de los suyos, Leo cubrió lentamente la distancia que los separaba. Eliza se estremeció al reconocer aquella mirada que le desbocaba el corazón y hacía que le temblaran las piernas.

La agarró por los brazos y hundió los dedos en la carne con una fuerza brutal.

–Me conoces lo bastante bien para saber lo que puede ocurrir si me provocas.

Eliza sofocó otro estremecimiento y le sostuvo la mirada, desafiante.

–No te tengo miedo.

Él le apretó aún más los brazos y se la acercó.

–Pues quizá deberías tenerlo –le dijo, un segundo antes de besarla en la boca.

Fue un beso duro y agresivo, pero a Eliza no le importó en absoluto. Era como si su cuerpo hubiese entrado en erupción y todas las emociones y anhelos reprimidos salieran a la superficie como una explosión de lava. Lo sentía en los labios, en los pechos, en el sexo, en todos los poros de su piel, en cada fibra de su ser...

¿Cómo había podido aguantar tanto tiempo sin sentir aquella pasión desbordada? Era como despertarse tras un largo, larguísimo sueño. Un débil gemido brotó del fondo de su garganta al entrelazarse las lenguas. Leo seguía agarrándola con fuerza por los brazos, pero a ella le encantaba sentir su ansia autoritaria y domi-

nante. Sentía la dureza de su erección contra su entrepierna, pugnando por traspasar la barrera de sus res-
pectivas ropas. Quería tenerlo desnudo y dentro de
ella, colmándola, haciéndola sentirse viva como nadie
más podía hacer. Se frotó contra él en un ruego silencioso y universal.

Pero, en vez de responder a la llamada, Leo la soltó,
se apartó de ella y se secó la boca con el dorso de la
mano como si quisiera borrar su sabor. Fue un gesto tan
humillante que Eliza quiso abofetearlo, pero preferiría
morir antes que demostrarle lo dolida que estaba.

—Vaya con el cavernícola... —dijo, echándose el pelo
hacia atrás—. Me sorprende que no me hayas llevado
a la fuerza a tu guarida.

—¿Sorprendida o decepcionada?

Eliza respondió a su mirada burlona con una expresión cínica y altanera.

—No me habría acostado contigo ni loca.

—¿No?

—Estaba jugando contigo —se ajustó la bata sobre
los hombros—. Quería ver hasta dónde eras capaz de
llegar —volvió a estremecerse al levantar la mirada,
porque los ojos de Leo brillaban con perspicacia.

—Ya sabes dónde encontrarme si te apetece seguir
jugando. Mi habitación está tres puertas más allá de
la tuya. Entra sin llamar. Te estaré esperando.

—Estás demasiado seguro de ti mismo.

Él le dedicó una sonrisa sarcástica y se giró hacia
la escalera.

—Tú también.

A la mañana siguiente Eliza se despertó temprano,
aunque apenas había dormido durante la noche. El de-

seo que Leo le había despertado le hacía estar inquieta y nerviosa. Toda la noche se la había pasado recordando su aventura y rememorando los placeres que se habían brindado mutuamente. Se imaginaba a sí misma bajo su poderoso cuerpo, o sentada a horcajadas sobre él, deshaciéndose en gritos y gemidos.

Leo se había apartado porque quería que ella fuera hacia él. Estaba jugando con ella como un gato con un ratón atrapado, pero no iba a permitir que la venciera. Sabía que Leo quería conquistar su orgullo como si fuera un trofeo y controlar todo lo que ocurriera entre ellos. Era fácil comprender sus razones. Ella le había hecho daño, de lo cual se arrepentía, y él quería vengarse.

Pero entre ambos había una niña pequeña e inocente.

No era justo que Alessandra resultara herida en el fuego cruzado. Las discusiones y enfrentamientos tendrían que esperar a que estuvieran los dos solos.

Mientras se duchaba observó las tenues pero inconfundibles marcas de los dedos de Leo en sus brazos. Sintió cosquillas en el estómago al pensar que la había marcado con su sello y se puso una rebeca para cubrir las huellas. No quería explicarles a Marella o a Laura cómo se las había hecho.

Laura estaba lista para marcharse cuando Eliza entró en la habitación de la niñera.

–Alessandra sigue durmiendo –le dijo, señalando hacia el cuarto de la niña–. Es la primera vez que duerme más de dos horas seguidas desde que yo llegué. ¿Qué le has hecho?

–No sé –respondió Eliza con una tímida sonrisa.

Laura se colgó la mochila al hombro y le tendió la mano.

–El coche me está esperando abajo. Buena suerte. La verdad es que no te envidio, teniendo que trabajar para Leo Valente. Es temible, ¿verdad?

–Solo intenta proteger a su hija.

–Pues no me gustaría enfrentarme a él. ¿Os conocíais de antes? No quiero ser curiosa, pero esa fue la impresión que me dio anoche.

–Lo conocí hace años –debía tener mucho cuidado con lo que decía. El acuerdo de confidencialidad que había firmado la obligaba a pensárselo dos veces antes de revelar cualquier información sobre su relación con Leo.

–¿Salíais juntos?

–No por mucho tiempo. No fue nada serio.

Laura sonrió.

–A lo mejor podrías volver a intentarlo. Está forrado y es un buen partido, si sabes cómo aguantar su temperamento.

–Ya estoy comprometida.

Laura le miró la mano izquierda.

–Oh, no me había dado cuenta. Lo siento. ¿Cuándo es la boda?

–Eso, ¿cuándo es la boda? –se oyó la profunda voz de Leo detrás de ellas.

Eliza sintió que se ponía roja como un tomate. No sabía cuánto había escuchado Leo, pero su grave expresión insinuaba que llevaba allí el tiempo suficiente.

–Laura ya se marchaba. ¿No es así, Laura?

–Sí –la chica se dirigió rápidamente hacia la puerta–. No hace falta que me acompañéis. Adiós.

Se marchó y un incómodo silencio llenó la habitación.

–Deberías abstenerte de cotillear con los empleados –dijo Leo con voz fría y cortante–. Lo prohíbe tu contrato.

–No estaba cotilleando. Solo respondía a sus preguntas. No hacerlo habría sido muy grosero.

–No estás aquí para responder preguntas. Estás aquí para cuidar a mi hija.

–¿En serio? –se atrevió a preguntarle ella–. ¿Me has traído por tu hija o por un interés egoísta? La venganza es algo muy peligroso, Leo. Podría hacerte más daño a ti que a mí.

Leo apretó la mandíbula, recién afeitada.

–Para sufrir por ti tendría que sentir algo por ti. Y no siento nada. Solo deseo tu cuerpo igual que tú deseas el mío, como quedó demostrado anoche.

Eliza se enfureció ante su arrogante desdén.

–¿De verdad piensas que dejaría que me usaran así, como una vulgar fulana barata?

Sus miradas se enzarzaron en un duelo silencioso.

–No contrataría los servicios ni de una prostituta de lujo, así que no intentes sacarme más. No vales tu precio.

–Oh, no estés tan seguro... –replicó ella con su tono más sensual y sugerente–. Valgo hasta el último penique. Y mucho más.

Él la agarró de manera tan inesperada que la dejó sin aliento. Sintió sus dedos en los cardenales que le había hecho el día anterior, pero el orgullo no le permitía manifestar dolor.

–Me deseas tanto como yo a ti. Conozco muy bien tu juego. Quieres subir el precio. He salvado tu escuela, pero ahora quieres engrosar tu cuenta corriente, ¿verdad?

Eliza no pudo evitar fijarse en su boca. Tenía los labios apretados en una mueca de rencor, pero el deseo la invadió al recordar su tacto suave y sensual. Leo era el único hombre que podía reducirla a un anhelo palpitante y desesperado. ¿Cómo iba a resistir la tentación? ¿Cómo iba a trabajar para él sin ceder al intenso anhelo que no hacía más que crecer?

—No necesito tu dinero.

Él soltó una amarga carcajada.

—Tal vez no lo necesites, pero te gustaría tenerlo. Empiezas a darte cuenta de lo que rechazaste, ¿verdad?

—Siempre he sabido lo que rechazaba.

—¿Te arrepientes?

—Todos nos arrepentimos de algo. ¿Tú no?

La mirada fija e intensa de Leo le provocó un intenso burbujeo efervescente en la base de la columna.

—De lo único que me arrepiento es de no haber descubierto tus intenciones desde el principio. Eres como un camaleón. Te tomé por una chica chapada a la antigua que quería lo mismo que yo, pero me equivoqué. Solo eras una ramera en busca de sexo, sin importarte de quién lo obtuvieras.

—¿Por qué es un delito que a una mujer le guste el sexo? ¿Eso me convierte en una ramera? ¿Y a ti en qué te convierte? ¿Por qué no hay una palabra igualmente despectiva para los hombres que buscan sexo? ¿Por qué las mujeres tenemos que sentirnos culpables por tener deseos naturales mientras que para los hombres es un motivo de orgullo?

—¿Qué problema tiene tu novio para no darte lo que quieres o necesitas?

Su pregunta fue como un mazazo en el pecho.

—No estoy preparada para hablar de eso.

—¿Existe?

—¿Cómo has dicho?

—¿Ese novio existe de verdad o es solo una invención tuya para librarte de una aventura que se te haya escapado de las manos?

Eliza tragó saliva mientras Leo la taladraba con la mirada sin piedad. Ewan existía, pero ya no era como antes. Nunca más sentiría lo que sentía antes. Nunca más diría las cosas que decía antes. Nunca más pensaría lo que pensaba antes. Estaba atrapado entre la vida y la muerte, la consciencia y la inconsciencia. Y todo por culpa de ella.

—Está claro que le eres fiel, pero... ¿él lo es contigo?

Eliza bajó la mirada, luchando contra sus emociones.

—Sí, lo es. Es una buena persona. Siempre lo ha sido.

—Lo quieres.

—Sí —respondió ella sin dudarlo.

El silencio volvió a cernirse sobre ellos, cargado de tensión y rencor.

¿Cómo iba a sobrevivir un mes así? Nada bueno podría salir de aquella situación. Leo estaba empeñado en llevar a cabo su venganza, pero solo conseguiría que los dos acabasen peor. Ella no podía ayudar a Ewan, ni tampoco a Leo a enmendar el pasado. Había destrozado dos vidas: tres, si contaba a Samantha.

Su vida y sus objetivos no eran más que sueños imposibles. Nunca podría tener la familia y el amor que tanto anhelaba.

Estaba atrapada, igual que Ewan.

Se giró hacia la puerta, desesperada por alejarse del odio que Leo irradiaba.

—Voy a ver a Alessandra. Ya debe de haberse despertado.

—La instructora de mi hija vendrá a las diez. Tatiana trabaja la orientación y la movilidad con ella hasta la hora del almuerzo, dos veces por semana. Puedes emplear ese tiempo para ti, o puedes asistir a las clases para ver lo que hacen. No tienes que trabajar las veinticuatro horas del día.

Eliza volvió a mirarlo.

–¿No te preocupa que mi presencia temporal la desconcierte? Parece muy nerviosa, con tanta gente entrando y saliendo de su vida.

–Mi hija está acostumbrada a tener gente alrededor. Es un hecho ineludible que siempre necesitará ayuda.

–Creo que deberías decirle a Kathleen que la llamara todos los días. Así tendría un motivo para alegrarse y el tiempo pasaría más rápido.

Leo contrajo brevemente sus duras facciones y luego soltó una espiración.

–No sé si Kathleen va a volver. Esta mañana he recibido un e-mail suyo. Su familia quiere que se quede en Irlanda y todavía se lo está pensando. Me comunicará su decisión en un par de semanas.

–¿Quieres decir que voy a quedarme más tiempo?

–Tu contrato es por un mes, ni un día más. No es negociable.

–Pero ¿y si tu hija quiere que me quede?

–Un mes –repitió él con dureza–. No puedo ofrecerte nada más.

–¿De verdad antepondrías tus planes de venganza al bienestar de tu hija?

–Eso no tiene nada que ver con la venganza.

Eliza emitió un sonido escéptico.

–¿Y entonces con qué?

–Creo que ya lo sabes...

Todo se reducía al deseo sexual. No era algo que a Eliza le gustara reconocer, pero ¿de qué otra manera podía describir lo que Leo le hacía sentir?

–Y cuando quieres algo, simplemente vas y lo adquieres, ¿no? Pues déjame decirte una cosa: no estoy disponible.

Él se acercó lentamente, y ella, en vez de retroceder, se preparó para que volviera a agarrarla por los brazos.

Pero lo que hizo Leo fue acariciarle la mejilla con los nudillos. Un roce ligero, como una pluma, que sin embargo echó por tierra sus defensas. Se le cerró la garganta, se le resquebrajó la compostura y las lágrimas amenazaron con afluir a sus ojos.

–¿Por qué haces esto? –le preguntó con una voz casi inaudible–. ¿Por qué ahora? ¿Por qué no puedes dejar las cosas como están?

El rostro de Leo se relajó visiblemente y su expresión se tornó casi melancólica.

–Quería asegurarme.

–¿De qué?

–De que no cometí el error de mi vida la noche que me dijiste que estabas comprometida.

Eliza intentó tragar saliva, pero se lo impedía un nudo de emoción.

–Tenías... tenías derecho a estar disgustado –no podía mirarlo, y volvió a bajar la mirada al anillo de compromiso.

En ese momento se oyó a Alessandra despertándose en el cuarto contiguo. Ruido de mantas seguido de un llanto.

–Voy por ella –dijo Leo. Pasó junto a Eliza y ella escuchó cómo le hablaba en italiano a su hija–. *Buongiorno, tesorina. Come ti senti?*

¿Por qué no podría también ella ser su tesoro?

Capítulo 6

CUANDO Eliza entró en el cuarto vio que Leo tenía a Alessandra en brazos.

—La llevaré abajo, pero no podré desayunar con vosotras —explico él—. Tengo una ciberconferencia dentro de unos minutos.

—Buenos días, Alessandra —alargó el brazo para tocar la mano de la niña, que aferraba fuertemente la camisa de su padre—. Parece que vamos a desayunar juntas.

La pequeña se acurrucó contra el pecho de su padre.

—Quiero desayunar con papá.

Eliza intercambió una breve mirada con Leo.

—Me temo que hoy no será posible. Pero seguro que papá desayunará contigo siempre que pueda.

Alessandra pareció relajarse un poco.

—Está bien.

Leo acomodó a su hija en la sillita del comedor, la besó en la cabeza y se marchó tras echarle a Eliza una mirada tan breve como indescifrable.

Marella entró y se puso a hacerle carantoñas a la niña.

—*Buongiorno, angioletta mia, tutto bene?* —se volvió hacia Eliza—. Tienes que darle de comer. No puede hacerlo ella sola.

—Pero ya es lo bastante mayor para hacerlo ella.

–Tendrás que hablarlo con el *signor* Valente. Kathleen siempre le da de comer. Tatiana, la instructora, está intentando que aprenda a hacerlo por sí misma, pero es un proceso lento y difícil.

Eliza accedió y guio las manos de Alessandra hacia los pedazos de fruta o de tostada. La niña se negó a beber en un vaso normal, por lo que Eliza decidió dejar esa batalla para otro día. Sabía lo importante que era estimular a Alessandra para que llevara una vida lo más normal posible, pero no convenía presionarla demasiado.

Tatiana llegó mientras Marella recogía las cosas del desayuno. Tras presentarse, informó a Eliza de los ejercicios que estaba haciendo con Alessandra mientras Marella se ocupaba de distraer a la niña.

–Estamos trabajando su coordinación motora y su percepción espacial. Un niño vidente aprende observando a los otros y tratando de imitarlos, pero un niño invidente no tiene ningún punto de referencia. Tenemos que ayudarlos a que exploren su entorno de otra manera, mediante el tacto, el oído y el olfato. También tenemos que enseñarles a comportarse debidamente en público, para que no olviden que, aunque ellos no se den cuenta, otros pueden estar mirándolos.

–Parece un trabajo muy duro.

–Lo es –corroboró Tatiana–. Alessandra es una niña muy inteligente, pero le falta la motivación cuando se trata de hacer sus ejercicios. Es algo muy frecuente en los niños invidentes. Pueden desarrollar una actitud peligrosamente pasiva. Nuestro trabajo es incrementar su independencia poco a poco.

–Parece muy pequeña para su edad.

–Su peso y estatura están por debajo de la media, pero pueden aumentar con el ejercicio apropiado.

–¿Hay algo que pueda hacer yo mientras la tenga a mi cargo?

–Por supuesto. Te haré una lista con los juegos y actividades. También puedes incluir otros que se te ocurran a ti. El *signor* Valente me ha dicho que eres profesora, ¿verdad?

–Lo soy. Doy clases en una escuela elemental de Londres.

–Entonces eres la persona idónea para este trabajo. Es una lástima que no puedas quedarte aquí permanentemente. Kathleen es un encanto, pero es demasiado indulgente con Alessandra.

–Mi contrato es solo para un mes –le dijo Eliza, tocándose inconscientemente el diamante de la mano izquierda–. Y en todo caso, debo regresar.

–No me malinterpretes. Leo Valente es un buen padre, atento y cariñoso, pero, como muchos padres de niños minusválidos, es excesivamente protector. Supongo que será muy difícil para él, ser padre soltero.

–¿Conociste a la madre de Alessandra antes de que muriera?

La expresión de Tatiana fue mucho más reveladora que sus palabras.

–Sí, y no me explico cómo esos dos pudieron acabar juntos. Daba la impresión de que Leo se hubiera casado con ella por rebote –desvió la mirada hacia Alessandra–. Y que se ha arrepentido desde entonces.

Eliza sintió que se ponía colorada. Seguro que Leo no se arrepentía únicamente de la aventura que tuvo con Giulia, pensó con una dolorosa punzada en el corazón.

–Leo quiere a su hija. De eso no hay duda.

–Claro que sí –afirmó Tatiana–. Pero no creo que sea la vida que se imaginaba. Muchos padres sienten lo mismo cuando tienen un hijo con una minusvalía. Es muy difícil encontrar niñeras especializadas. Los niños minusválidos pueden ser muy exigentes, pero es muy gratificante ver como desarrollan sus habilidades.

—Me lo imagino.

—Al menos el *signor* Valente puede conseguir la mejor ayuda disponible. Pero es verdad lo que dicen, ¿no? No se puede comprar la felicidad.

Eliza pensó en el carácter huraño y taciturno de Leo, y en los destellos de dolor que había atisbado en sus ojos.

—No... no se puede.

La mañana transcurrió rápidamente. Tatiana puso a Alessandra a hacer rompecabezas y ejercicios de psicomotricidad. La niña no podía caminar por su propio pie, ni siquiera con la ayuda de alguien. Su coordinación y fuerza muscular eran bastante inferiores a la de un niño de su edad, y a esa desventaja había que añadir la excesiva indulgencia de cuantos la rodeaban.

Eliza entendía lo frustrante y fatigoso que debía de ser para un padre, hasta el punto de tirar la toalla y ocuparse de hacer él las cosas en vez de estimular a su hijo para que las hiciera. Era agotador ver a la pequeña Alessandra sufriendo con los ejercicios, y aunque Tatiana intentaba hacer la sesión lo más entretenida posible, la niña acabó muy cansada. Apenas hubo tiempo para darle de comer antes de que se durmiera.

Eliza se sentó en la antesala con un libro, atenta a cualquier ruido que hiciera la niña. Pasó una hora y media y Alessandra seguía durmiendo, y también a Eliza empezaban a pesarle los párpados cuando apareció Marella con una taza de té y un bizcocho recién hecho.

–No tienes que quedarte aquí como un guardia de prisión. Hay un monitor portátil. Su alcance llega hasta los jardines y la piscina. ¿El *signor* Valente no te lo ha mostrado?

–No. Supongo que tenía otras cosas más importantes que hacer.

Marella sacudió tristemente la cabeza.

–Pobre hombre. Demasiado trabajo y tan poco tiempo para hacerlo. Siempre está dividido entre sus responsabilidades como padre y como empresario. Si sigue a este ritmo no llegará a viejo.

Eliza observó la taza de té que sostenía entre las manos y pensó en Leo, abrumado por el trabajo y las obligaciones. ¿A quién recurría cuando llegaba al límite? ¿A una de sus amantes? ¿Cómo podía ayudarlo alguien con quien solo compartía una relación sexual? O quizá no le pedía ayuda a nadie y soportaba toda la carga sobre sus cansados hombros. Siendo así, era lógico que estuviera siempre disgustado y resentido. Tal vez no era por ella... Tal vez solo intentaba lidiar con lo que la vida le había puesto por delante. Lo mismo que hacía ella, salvo que con unos recursos mucho más limitados.

–Cuando te hayas tomado el té, ¿por qué no vas a dar un paseo por el jardín? –le sugirió Marella–. Yo me quedaré en esta planta y tendré el monitor conmigo. Tengo que cambiar las sábanas de la cama donde ha dormido la chica de la agencia.

A Eliza le pareció una buena idea tomar el sol y el aire. Se sentía agobiada en aquella casa, con sus larguísimos pasillos y habitaciones oscuras.

–¿Está segura? –preguntó, dejando la taza en la mesa.

–Pues claro. Vamos, vete. Te sentará bien.

Los jardines eran preciosos. El sol realzaba los colores y el olor de las rosas impregnaba el aire. Eliza pasó junto a la fuente y siguió un camino de piedra hasta una gruta semiescondida por un sauce llorón. Era el rincón perfecto para descansar y reflexionar en silencio. Se quitó la rebeca y se sentó en un banco de hierro forjado, preguntándose cuántas parejas a lo largo de los siglos habrían tenido sus encuentros amorosos a la sombra de aquellas ramas.

El sonido de unas pisadas en el camino la hizo ponerse en pie de un salto, un segundo antes de que apareciera Leo. Pareció sorprenderse tanto como ella al verla, pero enseguida volvió a colocarse su máscara impenetrable.

–Eliza...

–Marella me sugirió que me tomara un descanso. Ella se ha quedado cerca de su cuarto, con el monitor. Si hubiera sabido que tenías uno... –estaba diciendo tonterías, pero no podía detenerse–. Bueno, el caso es que me dijo que...

–No estás encerrada bajo llave.

Eliza intentó leer su expresión, pero era como mirar las estatuas de mármol que adornaban la villa. Se preguntó si habría ido allí para estar solo. Tal vez aquel fuera su rincón especial para alejarse de los problemas y preocupaciones. Siendo así, era lógico que le molestara su presencia.

–Será mejor que vuelva –dijo y se giró para recoger la rebeca del banco.

–¿Qué te ha pasado en los brazos?

–Eh... nada –se pegó la rebeca al pecho. Era demasiado tarde para ponérsela.

Él la observó con el ceño fruncido.

–¿Fui yo quien...? –por un momento pareció quedarse sin palabras–. ¿Fui yo quien te hizo eso?

–No es nada, en serio –hizo ademán de marcharse, pero él la sujetó con delicadeza por la muñeca. Su tacto fue como un círculo de fuego que se propagó hasta lo más profundo de su ser. El corazón le dio un vuelco y el aliento se le atascó en la garganta, como un caballo negándose a saltar.

–Lo siento –su voz era grave y profunda, y le provocaba escalofríos por la espalda–. ¿Te duele?

–No, claro que no –era imposible controlar sus emociones. ¿Cómo resistirse a él cuando lo tenía tan cerca de ella? Bastaría con moverse un centímetro para...

¿Se daría cuenta Leo de cuánto lo deseaba? ¿De lo desesperada que estaba por tocarlo y sentirlo?

–Había olvidado lo sensible que es tu piel –dijo él, deslizando los dedos sobre el antebrazo izquierdo y prendiendo chispas a su paso.

Eliza tragó saliva. La situación se les iba a escapar de las manos si Leo continuaba haciendo estragos en sus sentidos. Cuando estaba furioso y resentido era relativamente fácil resistirse a él.

Pero no así.

Así era mucho, muchísimo más peligroso.

Intentó soltarse, pero él la apretó ligeramente.

–Tengo que irme... –apenas podía hablar ni respirar–. Por favor... Deja que me vaya...

–Ese fue mi error hace cuatro años –la atrajo hacia él y llevó las manos a su trasero–. Nunca debí dejarte marchar.

–Eso no fue un error –de nuevo intentó apartarse, pero fue en vano–. Tenía que marcharme. Mi lugar no estaba contigo. Ni antes ni ahora.

–Te sigues resistiendo, pero lo deseas tanto como yo. Lo sé. Sé que me deseas. Lo siento cada vez que me miras.

–No está bien –estaba a punto de desmoronarse. No podía permitirlo. Tenía que ser fuerte. Tenía que pensar en el pobre Ewan. Ella era la responsable de su lamentable estado. De que nunca más volviera a sentir el amor, la pasión ni el deseo.

¿Por qué debería sentirlo ella, si él ya no podía?

–Dile a tu novio que necesitas dejarlo por un tiempo.

–No puedo hacer eso.

–¿Por qué no?

–No lo entendería.

–Haz que lo entienda. Dile que necesitas un mes para pensarlo. ¿Es mucho pedir? Por amor de Dios, vas a darle el resto de tu vida. ¿Qué es un mísero mes comparado con eso?

Eliza intentó controlar el temblor de sus labios.

–Las relaciones no pueden romperse así como así. Estoy comprometida. No puedo dejarlo.

Los oscuros ojos de Leo ardieron amenazadoramente.

–¿No puedes o no quieres?

Eliza se obligó a sostenerle la mirada.

–No voy a dejar que te aproveches de mí, Leo.

Una de sus manos le abrasó el trasero al apretarla más contra él.

–¿Aprovecharme de ti? ¿Qué tontería estás diciendo? –su voz, firme y serena, hacía que su determinación se tambaleara como un castillo de naipes–. Quieres lo mismo que yo. Aquí nadie pierde. Los dos podemos tener lo que deseamos.

Eliza sentía como se le derretían lentamente los huesos. El profundo anhelo que la traspasaba como un dardo, la creciente necesidad que pedía a gritos ser satisfecha. ¿Qué daño habría en volver a sentir aquella pasión, en explorar el calor salvaje que los consumía a ambos? Pero ¿bastaría un mes? ¿Bastaría toda la vida? Si volvía a experimentar aquel placer incomparable se condenaría a pasar el resto de su vida frustrada y desgraciada. Siempre estaría pensando en él, deseándolo, echándolo de menos. Igual que durante los últimos cuatro años.

Con una fuerza que no imaginaba poseer, consiguió apartarse de un empujón.

–Lo siento –retrocedió hasta casi pisar los arbustos–. Me pides demasiado. Todo esto me sobrepasa... La ceguera de tu hija, lo difícil que tiene que ser para ambos... No puedo pensar con claridad. Estoy confusa y...

–Necesitas más tiempo.

Eliza cerró los ojos con la esperanza de que todo se desvaneciera. Pero cuando volvió a abrirlos él seguía allí, mirándola fijamente.

–No se trata de tiempo –se mordió el labio–. Simplemente, no es nuestro momento... –y nunca lo había sido.

Él le colocó un mechón tras la oreja. Su roce fue suave y delicado, pero la dejó aturdida y mareada.

–Lo he hecho horriblemente mal, ¿verdad? –le preguntó, posando la mano en la nuca.

Ella no supo qué responder, de manera que permaneció en silencio. La sensación de su mano le transmitía calor y seguridad. Lo que más deseaba era que

Leo la abrazase y que no la soltara nunca más. Pero el pasado, su pasado, era un abismo imposible de salvar.

Leo suspiró, se apartó de ella y perdió la vista en el jardín mientras se frotaba la nuca.

—Sigo sin saber por qué fui a verte en Londres. Necesitaba urgentemente una niñera, y por alguna razón tú fuiste la primera persona en quien pensé —bajó la mano y se giró para mirarla–. Pero tal vez lo hice porque quería que vieras en qué se había convertido mi vida —tenía el rostro desencajado por la angustia y la frustración–. Tengo más dinero del que pueda gastar, y, sin embargo, no puedo hacer que mi hija vea.

Eliza sentía el sufrimiento de Leo por su hija. Estaba grabado en sus palabras y en sus ojos.

—Eres un padre maravilloso, Leo. Tu responsabilidad es querer y proteger a tu hija, y la cumples con creces.

—Ella necesita más de lo que puedo darle —se pasó una mano por la cara. Parecía mucho mayor de lo que era–. Necesita a su madre. Y tampoco puedo hacer que vuelva.

—No es culpa tuya.

—Giulia ya estaba mal cuando la conocí. Pero por mi culpa estuvo muchísimo peor.

—¿Cómo la conociste?

—En un bar.

—No es el mejor lugar para encontrar el amor verdadero...

Él le echó una mirada imposible de interpretar.

—No, pero la gente que se encuentra en un momento difícil suele frecuentar los bares. En ese aspecto yo no era distinto de Giulia. Los dos habíamos sufrido sendos desengaños en el amor. A ella la había abandonado el hombre del que estaba enamorada. Viéndolo en perspectiva, a los dos nos habría ido mejor si me hubiera limitado a escuchar lo que le pasaba. Ella necesitaba un amigo, no un nuevo amante que reemplazara al que había perdido.

–¿Qué ocurrió?

Leo bajó la mirada al suelo de grava y le dio un puntapié a un guijarro.

–Tuvimos una aventura de una noche –volvió a mirarla a los ojos–. Sé que te resultará difícil de creer, pero no soy el tipo de hombre que pase cada noche con una mujer distinta. Me arrepentí enseguida. No había química entre nosotros. De hecho, creo que solo se acostó conmigo porque quería demostrarse algo así misma: que podía irse a la cama con otro hombre después de haber estado tanto tiempo con su pareja –tomó aire y lo soltó lentamente–. Un mes más tarde me llamó para decirme que estaba embarazada.

–Te pondrías muy furioso...

Él se encogió de hombros.

–Apenas sentí nada. Supongo que por eso le propuse matrimonio. La verdad es que no me importaba si aceptaba o no. La única mujer con la que quería casarme no estaba disponible. ¿Qué más daba con quién lo hiciera?

Eliza ignoró el dolor que sus palabras le evocaban.

–¿Por qué casarse es tan importante para ti? La mayoría de los hombres se conforma con tener aventuras pasajeras. Casi nadie quiere comprometerse para toda su vida, ni siquiera cuando hay hijos de por medio.

–Mi padre quería a mi madre. Su relación acabó muy mal, pero me inculcó el valor del compromiso. No creía en medias tintas. Su filosofía era o estás dentro o estás fuera. Siempre admiré eso en él. Con Giulia lo intenté lo mejor que pude, pero no fue suficiente.

No hacíamos el amor, y ningún compromiso por mi parte podía compensar su sentimiento de culpa por la ceguera de Alessandra. Era incapaz de superarlo, y rechazó a Alessandra desde el principio. Parecía estar convencida de que le habían entregado otra niña en el hospital. Se negaba a aceptar que esta fuera a ser su vida.

—Seguro que hay muchos padres que se sienten así.

Leo se pasó una mano por el pelo, como si aún le provocara dolor de cabeza pensar en ello.

—La cuestión es que Giulia no quería tener una hija conmigo. Quería tenerla con su ex.

Eliza frunció el ceño con confusión.

—Pero tú me dijiste que se quedó embarazada a propósito.

—Sí, pero no le importaba que fuera conmigo o con cualquier otro. Solo lo hizo por despecho hacia el hombre que la había abandonado. No pensaba con la cabeza, y una vez que lo hizo ya no podía echarse atrás. No era el tipo de mujer que quisiera abortar, y francamente, yo tampoco quería que lo hiciera. Los dos éramos responsables de lo que había pasado. Podría haberla perdido de vista para siempre, pero en cierto modo creo que yo también intentaba demostrar algo.

Eliza se mordió el labio al pensar en lo difícil que había sido todo para él. Su vida había cambiado de manera radical, y ella había tenido parte de la culpa al rechazar su proposición. ¿Estaría destinada a arruinar las vidas de otras personas? ¿A hacerlas desgraciadas y destruir sus planes de futuro?

—Lo siento. Entiendo que me culpes por lo que pasó. Pero ¿quién nos dice que lo nuestro habría funcionado si yo hubiera sido libre para casarme contigo?

–¿Acaso lo dudas, después de lo que compartimos aquellas tres semanas?

Eliza evitó su penetrante mirada y se cruzó de brazos.

–Una relación es mucho más que sexo. Es compañía, cercanía, honestidad, confianza... Ni el mejor sexo del mundo puede suplir esas cosas.

–¿Es eso lo que tienes con tu novio?

–Tengo que irme –dijo ella rápidamente–. Alessandra ya se habrá despertado y Marella se estará preguntando dónde estoy.

Echó a andar por el camino, pero no oyó a Leo seguirla. Al llegar a la fuente miró hacia atrás, no lo vio y siguió caminando hacia la casa.

Capítulo 7

ALESSANDRA acababa de despertarse cuando Eliza entró en el cuarto.

–Tengo una sorpresa muy especial para ti –le dijo mientras la levantaba de la cuna.

–¿Qué es? –preguntó la niña, frotándose un ojo.

Tatiana le había explicado que los niños invidentes se frotaban mucho los ojos. Les proporcionaba un breve consuelo, similar a chuparse el dedo, pero a medida que se hacían mayores tenían que romper con aquella costumbre mal vista en público. Según Tatiana, la mejor manera de conseguirlo era distraer al niño. De modo que Eliza le apartó la mano del ojo y se puso a dibujar círculos con el dedo en su diminuta palma al ritmo de *Ring a Ring o' Roses*.

La niña se rio con alborozo.

–Hazlo otra vez.

–Dame la otra mano.

La pequeña obedeció y Eliza repitió el ritmo. El corazón se le encogía al ver la alegría en su rostro.

–¡Otra vez! ¡Otra vez!

–Después. Ahora tengo otros planes para ti, jovencita. Vamos a dar un paseo.

–No quiero andar. Llévame.

–Hoy no, pequeña. Tienes dos piernas estupendas y has de aprender a usarlas.

Agarró su manita y la condujo al rellano de la escalera. La ayudó a palpar la barandilla y a poner los pies en cada escalón. Fue un proceso muy lento, pero cuando llegaron abajo Alessandra se sentía un poco más segura.

–Ahora vamos a salir al jardín. ¿Has salido mucho?

–Kathleen me llevaba a veces, pero le picó una avispa y yo me puse a llorar porque creía que también me iba a picar a mí.

–Tranquila, no dejaré que nada te pique –le apretó la mano para darle confianza–. Hay muchas cosas que oler y sentir ahí fuera. Las flores son las cosas más bonitas de la Naturaleza, pero lo mejor de todo es que no tienes que verlas para apreciarlas. Muchas tienen un olor delicioso, especialmente las rosas. Seguro que dentro de poco podrás distinguirlas por su olor.

La llevó hacia los rosales y acercó algunas flores a la nariz de la niña. Alessandra olió y sonrió.

–¡Huele muy bien!

–Esta es una rosa roja –le explicó Eliza–. Y aquí tienes una rosa damascena. Su olor es un poco menos intenso. ¿Qué te parece?

Alessandra hundió la nariz en los aterciopelados pétalos.

–Me gusta.

–Siente los pétalos. Tranquila, no tiene espinas.

La niña palpó los pétalos, explorando su forma y textura con una expresión de concentración absoluta.

–¿Puedo oler más?

–Claro –Eliza escogió una rosa amarilla–. Esta me recuerda al sol. Es muy brillante y bonita y tiene una fragancia fresca y ligera.

–Umm –Alessandra la inhaló con el ceño fruncido–. Me gusta más la primera.

–La rosa roja –Eliza las puso todas en fila e hizo

que Alessandra se sentara en la hierba, a su lado–. Vamos a jugar a un juego. Yo te doy una rosa y tú tienes que adivinar su color oliéndola. ¿Crees que serás capaz?

–¿Y después sabré mis colores?

A Eliza se le contrajo el pecho al mirarla.

–Creo que vas a hacerlo muy bien... Vamos allá. ¿De qué color es esta?

Leo regresaba de hablar con uno de los jardineros cuando vio a Eliza y a su hija sentadas en el césped, junto a un rosal. Eliza concentraba toda su atención en Alessandra, sonriendo y haciéndole cosquillas en la nariz con una rosa, y Alessandra reía con deleite. El sonido de su risa era lo más bonito que Leo había oído jamás.

Observó como Eliza soltaba un puñado de pétalos sobre la cabeza de Alessandra, quien consiguió agarrar algunos y se los aplastó contra la cara sin parar de reír.

Podría haberse quedado observándolas durante horas, pero Eliza pareció advertir su presencia y giró la cabeza hacia él. Los pétalos que quedaban en su mano cayeron a la hierba como confeti.

Él se acercó y también su hija giró la cabeza al oír sus pisadas.

–¿Papá?

–Parece que te lo estás pasando muy bien, *ma piccola.*

–¡Ya conozco los colores! –exclamó con entusiasmo–. Eliza me ha enseñado.

Leo miró a Eliza con una ceja arqueada.

–Tú también pareces estar disfrutando mucho.

–Alessandra es una niña muy inteligente. Es un

placer enseñarle. Ahora, Alessandra, vamos a demostrarle a papá cuánto has aprendido.

Agarró un puñado de rosas y volvió a sentarse junto a Alessandra, cuya expresión era un poema mientras inhalaba la fragancia de los pétalos.

–¡La rosa!

–Muy bien. ¿Y esta?

–¡La roja!

Leo estaba maravillado. ¿Cómo era posible? Su hija podía distinguir las rosas valiéndose solo del olfato, y Eliza le había hecho asociar cada una a un color. Sencillamente genial.

–Muy bien, ¿y esta otra? –Eliza le sostuvo una rosa blanca y la niña olisqueó varias veces.

–No es la amarilla. Huele diferente.

–Eres muy, muy lista –le aplaudió Eliza–. Es una rosa blanca. He intentado engañarte, pero no hay manera. Lo has hecho perfectamente.

Alessandra sonreía de oreja a oreja.

–Me gusta este juego.

Leo contempló la cálida sonrisa de Eliza y sintió como lo abandonaba parte de la tensión largamente contenida. Se la imaginó como madre, cariñosa, espontánea y atenta. No era solo una profesora cualificada. Era su propia naturaleza. Quería a los niños e intentaba sacar lo mejor de ellos. Y algo le decía a Leo que no lo hacía por dinero.

¿Por qué no podía haber sido ella la madre de Alessandra?

–Tendré que pensar en otros desafíos para ti –le dijo Eliza a la niña, antes de ponerse en pie y agarrarla de la mano–. Será mejor que entremos. No quiero que te quemes con el sol.

Leo se adelantó para levantar a su hija en brazos,

pero ella parecía muy contenta de caminar al lado de Eliza. Sus pasos eran lentos e inciertos, pero con los ánimos de Eliza iba ganando seguridad poco a poco.

–Cuatro pasos, Alessandra –le dijo Eliza cuando llegaron a los escalones de piedra–. ¿Quieres contarlos?

–Uno... dos... tres... ¡cuatro!

Eliza le revolvió el pelo con afecto.

–¿Qué te dije? Lo haces genial. Dentro de poco estarás corriendo tú sola por el jardín, sin ayuda de nadie.

Marella salió por la puerta trasera.

–He hecho tus galletas favoritas, Alessandra. ¿Qué te parece si les dejamos un momento a papá y a Eliza y te vienes conmigo?

–*Grazie,* Marella –le dijo Leo–. Me gustaría hablar con Eliza de algunas cosas. Vamos dentro de diez minutos.

–Sí, *signore.*

Leo y Eliza se miraron a los ojos cuando el ama de llaves se marchó con la niña.

–Parece que he acertado al contratarte. Has conseguido más en un día que Kathleen en meses.

–Seguro que Kathleen es una niñera muy competente.

–Lo es, pero tú pareces tener una afinidad especial con Alessandra.

–Es una niña encantadora.

–A casi todo el mundo le parece difícil.

–Tiene una grave minusvalía, y para la gente es más fácil centrarse en lo que no puede hacer. Pero yo sé por experiencia que es mejor concentrarse en lo que sí puede hacer. Y te aseguro que puede hacer mucho más de lo que imaginas.

Leo frunció el ceño.

–¿Estás diciendo que yo la impido desarrollarse?

–No, de ningún modo. Estás haciendo lo que debes. Pero para un padre no siempre es fácil ver lo que su hija necesita realmente. Quieres protegerla a toda costa, y un exceso de protección puede suponer una seria limitación para ella. Alessandra tiene que experimentar todo cuanto la rodea, los peligros y los obstáculos. De lo contrario siempre vivirá en una burbuja, sin contacto con el mundo real. Es ciega, pero eso no tiene por qué impedirle llevar una vida plena y satisfactoria.

Leo se frotó la nuca, agarrotada por la tensión.

–¿Qué sugieres que haga que no esté haciendo ya?

–Podrías pasar más tiempo con ella. No solo la calidad es importante, sino también la cantidad.

A Leo lo remordió la conciencia, pues sabía que no había pasado con su hija todo el tiempo que debiera. Quería ser un padre para ella mejor de lo que el suyo había sido, pero la ceguera de Alessandra lo hacía sentirse inútil e incapaz. ¿Y si decía o hacía algo equivocado? ¿Y si solo conseguía que Alessandra se sintiera culpable por ser ciega? Giulia había dicho cosas horribles delante de la niña. Y aunque él había intentado compensarla, temía que ya fuera demasiado tarde.

–Intentaré sacar más tiempo libre, aunque será difícil. Mi trabajo me obliga a pasar muchas horas en la oficina. No puedo delegar en otros las tareas importantes.

–Podrías llevarla contigo –sugirió Eliza–. Sería bueno para ella.

–¿Y de qué serviría? No puede ver.

–No, pero puede sentir. Y estaría contigo más de lo que está ahora. Tú eres todo lo que tiene. El vínculo que mantiene contigo es lo que la ayudará a construir su personalidad y abrirse camino en la vida. Deja de sentirte culpable. No es culpa tuya que sea ciega. Ni tampoco de Giulia. Fue así y punto. Tienes que aceptarlo.

–Tú no eres madre. No conoces la culpa que puede sentir un padre.

Ella puso una mueca de dolor, como si la hubiera golpeado.

–Conozco muy bien la culpa, créeme. Vivo con ella cada día. Pero ¿sirve de algo lamentarse? No. La vida es así –apartó la mirada y dio un paso atrás mientras se apartaba el pelo de la cara.

Leo se fijó en su mano izquierda y frunció el ceño.

–¿Dónde está tu anillo?

Ella bajó la mirada y se puso pálida.

–No lo sé... –sus ojos se abrieron como platos en una mueca de pánico–. Lo llevaba puesto hace un momento. Tengo que encontrarlo. No es mío.

–¿Cómo que no es tuyo?

Ella volvió a desviar la mirada.

–Es de la madre de mi novio. Una reliquia de familia. Tengo que encontrarlo. Me quedaba un poco suelto y debe de haberse caído. Tendría que haberlo ajustado, pero...

–Seguramente está en el jardín, donde estabas jugando con Alessandra. Iré a echar un vistazo.

–Voy contigo –casi lo apartó de un empujón en sus prisas por dirigirse a la puerta–. Tengo que encontrarlo.

–Si está ahí, alguno de los jardineros lo encontrará. Deja de preocuparte. No me parecía que fuese tan valioso.

–No se trata de su valor económico. ¿Por qué todo tiene que girar en torno al dinero para ti? Tiene un enorme valor sentimental. No puedo perderlo. No puedo. Tengo que encontrarlo.

–Tranquila. Mis empleados son dignos de confianza y lo devolverán si lo encuentran. Nadie va a intentar venderlo.

–No lo entiendes. Tengo que encontrarlo. No me siento bien si no lo llevo en mi dedo.

Leo le agarró con fuerza la mano.

–¿Por qué? ¿Necesitas verlo en todo momento para que te recuerde tu estado? Tu novio está a miles de kilómetros, pero sin ese anillo podrías olvidarte de él, ¿verdad?

Ella se zafó y salió de la habitación. Leo oyó sus frenéticas pisadas en el suelo de mármol y la siguió a un paso mucho más lento.

Por él, aquel maldito anillo podía perderse para siempre.

Eliza buscó en todas partes, pero no había ni rastro del anillo. Ni en el césped, ni en los rosales ni en los caminos. El miedo le oprimía angustiosamente el pecho. ¿Cómo iba a explicárselo a Samantha? ¿Cómo podría compensarla? No se trataba solo de un anillo viejo. Era el símbolo del amor incondicional que Samantha le había profesado a su marido. Y por su culpa se había perdido.

Leo también había salido, y estuvo hablando con el jardinero antes de unirse a ella en la búsqueda.

–¿Ha habido suerte?

Eliza negó con la cabeza. La angustia seguía revolviéndole el estómago.

–Samantha se quedará destrozada.

–¿Samantha?

–La madre de mi novio –se retorció las manos mientras con la mirada barría el césped, esperando detectar un destello en la hierba–. No sé cómo voy a decírselo. Tengo que encontrarlo.

–El jardinero seguirá buscando. Deberías volver a casa. Estás empezando a quemarte.

Eliza se miró los brazos desnudos. Efectivamente, los tenía rojos a pesar de la crema que se había untado antes. De repente se sentía muy cansada y con ganas de llorar. Pero no iba a permitirse derramar ni una lágrima. Para impedirlo, se pellizcó fuertemente la nariz.

–*Cara* –Leo le puso una mano en el hombro–. No te pongas así. Solo es un anillo. Se puede conseguir otro.

Ella se quitó la mano de encima y lo fulminó con una mirada cargada de resentimiento.

–Muy típico de ti, ¿no? Si pierdes algo simplemente buscas algo nuevo. Eso hiciste cuando me perdiste, ¿verdad? Seguiste adelante como si nada hubiera pasado y te buscaste a otra para reemplazarme.

El jardín pareció quedarse en un silencio sepulcral. Hasta la brisa que agitaba las copas de los árboles dejó de soplar.

Eliza se mordió el labio y bajó la mirada.

–Lo siento... Eso ha estado fuera de lugar. Tenías todo el derecho del mundo a seguir con tu vida...

Leo tardó unos segundos en responder.

–Espero que encuentres tu anillo –le dijo con voz cortante, y se giró para alejarse por el césped. Pasó junto a la fuente y desapareció entre los árboles.

Capítulo 8

CUANDO Eliza bajó a la cocina, después de acostar a Alessandra, encontró un sobre con su nombre en la encimera.

–Ahí tienes tu anillo –le dijo Marella–. El *signor* Valente lo encontró en la gruta. Se pasó horas buscándolo.

–Qué... amable por su parte –Eliza jugueteó con el anillo sin sacarlo del sobre–. Será mejor que lo ajuste antes de volver a ponérmelo.

Marella ladeó la cabeza mientras agarraba un trapo.

–¿Desde cuándo estás comprometida con ese novio tuyo?

–Desde... que tenía diecinueve años. Ocho años.

–Es mucho tiempo.

Eliza evitó la penetrante mirada del ama de llaves.

–Sí que lo es.

–No estás enamorada de él, ¿verdad?

–Lo quiero –declaró, tal vez con excesiva vehemencia–. Siempre lo he querido.

–Eso no es lo mismo que estar enamorada –repuso Marella–. Con el *signor* Valente, en cambio, veo que intentas reprimir algo. ¿Me equivoco?

A Eliza le ardieron las mejillas.

–Solo estoy sustituyendo a la niñera. Dentro de cuatro semanas me habré marchado.

–No sé si el *signor* Valente te dejará marchar...

–Estoy completamente segura de que el *signor* Valente estará encantado de que me vaya.

Marella dejó de secar la encimera y la miró fijamente.

–No estaba hablando del *signor* Valente.

Un silencio más revelador que mil palabras se hizo entre ellas.

–Disculpe –dijo Eliza finalmente, con una sonrisa forzada–. Tengo que ir a ver a Alessandra.

Cuando volvió a bajar, una hora más tarde, Marella se disponía a salir para asistir a un evento.

–He dejado la comida preparada –le dijo mientras se ataba un pañuelo alrededor del cuello–. Creo que el *signor* Valente está en el estudio. No te preocupes por recoger la mesa. Ya lo haré yo mañana.

–Ni hablar. Me encargaré de recogerlo y limpiarlo todo. Que pase una buena velada.

–*Grazie.*

Eliza miró hacia el estudio al quedarse sola. ¿Debería esperar a que Leo saliera para darle las gracias por haber encontrado el anillo, o debería hacerlo ya? Estaba intentando decidirse cuando la puerta del estudio se abrió de repente.

–¿Querías verme? –le preguntó él.

Verlo, tocarlo, besarlo... El deseo contenido reverberaba por todo su cuerpo.

–Quería... darte las gracias por haber encontrado mi anillo –murmuró, consciente del rubor que ardía en sus mejillas–. Has sido muy amable al tomarte el tiempo para buscarlo.

–Estaba detrás del banco, en la gruta. Se te debió de caer cuando agarraste tu rebeca. Me extraña que no te dieras cuenta antes –añadió con un ligero tono de sarcasmo.

–Bueno... Voy a ajustármelo para que no vuelva a caerse.

Él la agarró de la mano antes de que pudiera alejarse. A Eliza le dio un vuelco el corazón y un fuerte hormigueo le recorrió la piel.

–¿Qué... qué haces?

Leo bajó la mirada a su boca y la mantuvo allí. Eliza separó inconscientemente los labios, sintió el calor de sus dedos y los imaginó en otras partes de su cuerpo. Recordaba sus caricias en los pechos, en los muslos y en la entrepierna, y cómo sus lenguas se entrelazaban en el más íntimo y apasionado de los besos.

–*Ho voglia di te... ti voglio adesso* –sus palabras eran como una caricia verbal, aún más embriagadoras al ser pronunciadas en su lengua nativa.

–No... no entiendo lo que has dicho –pero se hacía una idea bastante acertada.

Los ojos de Leo brillaron con deseo carnal. La agarró por las caderas y tiró de ella para pegarla a su erección. Eliza sintió su palpitante dureza en el vientre. Se moría por sentir sus manos en los pechos, hinchados y doloridos, que pugnaban por escapar del sujetador. Los labios le picaban, esperando que la boca de Leo iniciara su implacable saqueo. Se los humedeció con la punta de la lengua. El deseo crecía de manera imparable, descontrolado, arrasando el poco sentido común que le quedaba.

–Te deseo... Ahora –tradujo Leo, y sus palabras en inglés tuvieron el mismo efecto devastador que las anteriores.

–Yo también te deseo –respondió ella. Parte confesión, parte ruego.

Él le puso una mano en el pelo y la sujetó con fuerza al tiempo que descendía con su boca. Fue un beso desesperado y febril, una muestra de pasión visceral y descontrolada, de salvaje arrebato. A Eliza la emocionó sentir aquel deseo desbordado, porque era exactamente lo mismo que sentía ella.

El tacto de su lengua prendió fuego en su cuerpo y sus sentidos. Se frotó contra él y gimió con deleite cuando él respondió con un gruñido y una presión de su ingle. Leo deslizó las manos por su cuerpo, deteniéndose momentáneamente en su pecho para dejarlos tan necesitados y ardientes como el resto de ella.

Deseaba más. Como le sucedía siempre que estaba con él. Quería sentir sus manos, sus músculos, su piel desnuda.

Subió las manos hasta la camisa de Leo y la abrió con un fuerte tirón, como si estuviera desgarrando una hoja de papel. Los botones saltaron y una costura se abrió, pero Eliza no se detuvo y pegó la boca a la sólida musculatura que había quedado al descubierto. Descendió con la lengua por la base del cuello, el esternón y los pezones, hasta llegar al ombligo y más allá.

–Espera –le ordenó él–. Las damas primero.

Eliza se estremeció. Sabía muy bien lo que iba a hacer, y el recuerdo hacía que las piernas le temblaran como hojas sacudidas por el viento.

Él la levantó en sus brazos y la llevó sin el menor esfuerzo al sofá del estudio, donde la depositó sin apartar la mirada de sus ojos, comunicándole en silencio su sensual propósito. Le levantó el vestido por encima de las caderas y con una mano le bajó las braguitas por los muslos y tobillos, deliberadamente despacio. Ella terminó de quitárselas con los pies y ahogó un gemido cuando él agachó la cabeza hacia su sexo.

Un acto tan íntimo debería haberla escandalizado, teniendo en cuenta el contexto de su relación actual, pero extrañamente no fue así. Lo sintió como algo puramente espontáneo y natural, como si para Leo fuera la flor más fragante y delicada que hubiera visto.

–Eres preciosa...

Sus palabras eran como una sinfonía compuesta especialmente para ella. Nunca se había sentido bonita para nadie más. Nadie podía provocar aquella música celestial en su cuerpo.

Leo se tomó su tiempo para excitarla y llevarla al límite, quedándose a un suspiro de hacerle perder la cabeza.

–Por favor... –apenas podía articular palabra–. Por favor...

–Di que me deseas.

–Te deseo. Te deseo –jadeaba como si acabara de subir corriendo una montaña–. Te deseo.

–Dime que me deseas como a ningún otro hombre.

Ella clavó los dedos en el sofá y levantó las caderas mientras él seguía torturándola.

–Te deseo más que a ningún otro... Dios, Dios... ¡Dios! –el orgasmo estalló en una explosión de sentidos que la sacudió como si fuera una muñeca en manos de un maníaco. Las sensaciones se prolongaron durante varios segundos, hasta quedar finalmente exhausta y sin aliento.

Leo se desplazó hacia arriba y empezó a quitarle el vestido y el sujetador. Ella levantó los brazos para facilitarle la tarea y suspiró de placer cuando le tocó los pechos.

No se explicaba cómo había podido aguantar tanto tiempo sin sentirlo. Todo el cuerpo le hervía de placer, el sexo le palpitaba con los restos del éxtasis y los escalofríos seguían descendiendo por su espalda como una cascada de chispeantes burbujas.

Leo volvió a agarrarla por las caderas y se colocó sobre ella. Había tenido la precaución de procurarse un preservativo, y Eliza recordó vagamente que se lo había sacado del bolsillo trasero al quitarse los pantalones.

La besó, con pasión y suavidad al mismo tiempo. Era otra de sus técnicas letales que había desarrollado a la perfección. Eliza sintió como posicionaba su erección y abrió las piernas para recibirlo. Con una mano le agarró las nalgas para apremiarlo a seguir, mientras con la otra lo sujetaba por la nuca para mantenerlo pegado a ella, enganchándose a sus piernas con los tobillos.

Se hundió en ella con un gemido que se elevó desde lo más profundo de su garganta. La penetró con bastante dureza, pero Eliza la recibió con un gemido de placer. Leo pareció controlarse y empezó a moverse a un ritmo más lento, pero ella lo acució con gemidos y jadeos y presionándole los glúteos.

Sentía el movimiento de su cuerpo dentro de ella, la tensión de sus músculos, la fricción de su miembro erecto contra las paredes de su sexo. Los dos respiraban entrecortadamente y sentía que también él estaba a punto de explotar.

Pero Leo parecía más interesado en darle placer a ella. Bajó los dedos y la tocó con una habilidad increíble, ejerciendo la presión y el ritmo adecuados para maximizar las sensaciones al máximo. Y Eliza se abandonó a otra oleada orgásmica que barrió la noción del tiempo y del espacio.

Todo era placer y deleite, centrados únicamente en su cuerpo.

Pero al descender de las cotas más altas de éxtasis humano, su mente recuperó la claridad suficiente para registrar la poderosa liberación de Leo. Su orgasmo le provocó otra ola de placer por todo el cuerpo, y sentir en él aquella pérdida de control la conmovió profundamente. Así había sido siempre entre ellos. Una alucinante combustión de deseo, lujuria, pasión y algo más que no podía definir...

Movió las manos hasta su pecho y advirtió entonces la franja de piel blanca en su dedo anular. El cruel recordatorio de su compromiso.

Volvió a sumirse en la amargura y desesperanza. No era libre, y nunca lo sería.

Lo empujó en el pecho sin mirarlo a los ojos.

—Me quiero levantar.

Él se lo impidió con una ligera presión en el hombro izquierdo.

—No tan rápido, *cara*. ¿Qué ocurre?

Eliza no se sentía capaz de mirarlo a la cara. En vez de eso se fijó en su nuez.

—Esto no debería haber ocurrido.

Él le agarró la barbilla y la obligó a mirarlo.

—¿Por qué?

Eliza estaba a punto de echarse a llorar.

—¿Cómo puedes preguntarlo?

—¿Todavía te sientes culpable por desearme?

Ella bajó las pestañas y se mordió el labio hasta sentir el sabor de la sangre.

—No está bien.

—¿Por seguir atada a un hombre que no puede darte lo que deseas?

Eliza siguió resistiendo valientemente las lágrimas, sin mirarlo a los ojos.

–Por favor, ya basta. Ahora estoy contigo y estoy haciendo aquello por lo que me pagas. No me pidas más.

Él soltó un suspiro y se levantó para vestirse con una soltura que Eliza le envidió. Ella se sentía vulnerable y desnuda, no físicamente, pues había conseguido cubrirse con el vestido, sino emocionalmente, lo cual era mucho peor.

–Contrariamente a lo que puedas pensar, yo no te pago para que te acuestes conmigo –sus palabras sonaban ásperas y graves, como si se arrastraran por un suelo de grava–. Esto no tiene nada que ver con tu trabajo de niñera.

–Las dos cosas son temporales, ¿no?

–Eso depende.

–¿Kathleen va a regresar?

–Todavía no lo ha decidido.

–Me dijiste que mi contrato era por un mes y basta –le recordó ella–. Si Kathleen decide no regresar, ¿me ofrecerás su puesto?

–Eso también depende.

–¿De qué?

–De que quieras quedarte más tiempo.

Eliza volvió a morderse el labio. Si las cosas hubieran sido diferentes habría estado encantado de quedarse, viviendo con él como su amante, su pareja, la niñera de su hija... Lo que él quisiera.

Pero las cosas eran como eran.

Se encontraban en la misma situación que cuatro años antes. No importaba lo que ella quisiera. Siempre estaría condicionada y sujeta por las cadenas del remordimiento. ¿Cómo podía quedarse allí con Leo y olvidarse de su otra vida? No era más que un sueño que debía borrar de su cabeza, igual que había tenido que hacer en el pasado.

Pensó en la pobre Alessandra, con quien había empezado a establecer un vínculo muy especial. No era solo que la niña buscara una substituta para su madre; también Eliza se sentía cada vez más unida a ella.

Si las cosas hubieran sido diferentes, habría sido ella la madre de Alessandra.

No soportaba la idea de que otra mujer ocupara aquel lugar. Su deseo más fuerte era ser madre, y cada cumpleaños era un cruel recordatorio de aquel sueño que se le escapaba poco a poco.

Volvió a mirar a Leo tras ocultar sus emociones bajo una máscara de compostura.

—No puedo quedarme más tiempo...

—De modo que quieres subir el precio, ¿eh? —le lanzó una mirada de disgusto—. Quieres que te pague por el tiempo adicional. ¿Cuánto quieres por ser mi amante? ¿Has pensado en una cifra?

Eliza respiró hondo y trató de mantener la calma.

—No sé por qué me hablas así.

Intentó apartarse, pero él la agarró del brazo. La tensión chisporroteaba en el aire.

—No me ignores cuando te estoy hablando —le advirtió él con dureza.

Ella lo encaró con una mirada igualmente furiosa.

—No me des órdenes como si fuera una niña.

Sus miradas se sostuvieron en un duelo silencioso.

—Te pago para que obedezcas mis órdenes.

Eliza sintió una corriente de calor por la espalda, pero no se dejó intimidar.

—No me pagas lo suficiente para que sea tu sirvienta.

Los dedos con los que Leo le agarraba le calcinaban el brazo como un grillete de hierro candente. Su cuerpo, fuerte y musculoso, era una tentación irresistible. Toda ella ardía con una excitación extrema.

El calor estalló entre sus piernas.

–¿Cuánto? –le preguntó él de nuevo–. ¿Cuánto quieres por tenerte en mi cama el resto del mes? ¿Cuánto por ser mi sirvienta?

Un impulso malicioso la animó a provocarlo.

–No puedes permitirte pagar mi precio.

–Inténtalo. Tengo mis límites. Si los traspasas, te lo diré.

Eliza pensó en la modesta casa donde Ewan vivía con su madre en Suffolk. Pensó en las reformas que necesitaba el cuarto de baño, en la calefacción, en todo lo que hacía falta para que Samantha pudiera cuidar bien a su hijo tetrapléjico.

Se necesitaría una fortuna para pagarlo todo.

Y Leo estaba dispuesto a pagarle para que fuera su amante hasta final de mes.

El corazón le dio un vuelco. Tal vez si aceptaba su dinero se sentiría menos culpable por acostarse con él estando comprometida con Ewan. Sería imposible contemplar su relación como algo más que un simple acuerdo de negocios.

Tal vez no imposible... pero sí improbable.

Leo tendría su cuerpo, pero no podría comprar su corazón.

Lo miró a los ojos con toda la serenidad que pudo, a pesar de su agitación interna por lo que estaba a punto de hacer.

–Quiero doscientas cincuenta mil libras.

El único cambio en la expresión de Leo fue un leve arqueo de sus cejas.

–Tendrás el dinero en un par de horas.

–¿Qué? –intentó no tragar saliva–. ¿No... no es demasiado?

Él la acercó a su erección, cuyo tacto le prendió la libido por todo el cuerpo.

–Te lo haré saber –le dijo, y tomó posesión de su boca con una voracidad salvaje.

Capítulo 9

CUANDO Eliza se despertó a la mañana siguiente sentía un hormigueo de la cabeza a los pies. Giró la cabeza, pero el único rastro que quedaba de Leo era la marca en la almohada.

Y su olor...

Aspiró profundamente la embriagadora fragancia de limón que impregnaba las sabanas y también su piel. La noche anterior Leo le había hecho el amor de una manera increíblemente excitante y placentera.

La puerta del dormitorio se abrió y entró Leo portando una bandeja con té y tostadas. Estaba desnudo de cintura para arriba y llevaba unos pantalones de chándal.

–Marella está dándole el desayuno a Alessandra.

–Lo siento –se disculpó ella, cubriéndose rápidamente los pechos desnudos–. Me he quedado dormida... No la oí por el monitor.

–No podías oírlo porque me lo llevé conmigo a la cocina –la tranquilizó él–. Se despertó mientras estaba preparando el té.

Eliza se apartó un mechón de la cara. Aquella escena doméstica era lo último que se esperaba de él y la pilló completamente desprevenida. Era como si estuvieran actuando, pero interpretando un guión equivocado. Y no sabía lo que se esperaba de ella.

–Parece que tienes problemas con tus recursos humanos –comentó con ironía.

–¿Por qué lo dices?

–Tu ama de llaves hace de niñera y tu niñera hace de señora de la casa.

Leo le acarició el brazo con un dedo, poniéndole la piel de gallina.

–A Marella le gusta ayudar con Alessandra. Y a mí me gusta tratarte como a la señora de la casa.

Eliza se estremeció ante su mirada ardiente.

–¿No sería más apropiado decir «dama de compañía»?

Un destello glacial cruzó los ojos de Leo.

–¿Para qué quieres el dinero?

Ella se encogió de hombros.

–Lo normal: ropa, joyas, zapatos, tratamientos de belleza, viajes...

Él le sujetó la barbilla con los dedos.

–¿Eres consciente de que te habría pagado mucho más?

El estómago le dio un vuelco al sentir sus caricias en el labio inferior.

–Sí... lo soy.

–Y, sin embargo, no lo pediste.

–No.

–¿Por qué?

Ella volvió a encogerse de hombros.

–Quizá porque no crea merecerlo.

Leo le acarició la mejilla y le sujetó la cara con delicadeza.

–¿Qué te hace pensar eso?

Estaban intimando demasiado y eso era peligroso. Eliza no podía dejar que Leo traspasara sus débiles defensas y viera cómo era realmente.

–Tú obtienes de la vida aquello por lo que pagas, ¿no? –no le dio tiempo a responder–. Pero aunque me pagaras un millón de libras solo recibirías una parte de mí.

Él siguió mirándola sin pestañear.

–¿Y si lo quisiera todo de ti?

Las alarmas se dispararon en su cabeza y en su pecho, y le sostuvo la mirada con una determinación que estaba lejos de sentir.

–El resto de mí no está en venta.

Él continuó acariciándole la mejilla, lentamente, mientras con su mirada traspasaba los muros de papel con que ella intentaba protegerse.

–¿Qué parte he comprado?

–La parte que querías.

–¿Cómo sabes qué parte quería?

–Es obvio, ¿no? –le acarició el pecho hasta la cintura elástica del pantalón–. La misma parte que yo quiero de ti.

Introdujo la mano en el pantalón y sintió el tacto ardiente y satinado de su piel y la fuerza de sus músculos tensos. Le oyó ahogar un gemido al rodearle el miembro y se preparó para que volviera a poseerla, sin importarle que lo hiciera con suavidad o con dureza.

Le bajó los pantalones y acercó la cabeza para provocarlo con la lengua. Él gimió y le hincó los dedos en el cuero cabelludo, pero no hizo ademán de apartarse y ella siguió lamiéndolo a conciencia, recorriéndolo con la lengua en toda su longitud y grosor, saboreando su esencia masculina hasta hacerlo enloquecer.

–Espera –le ordenó él, intentando apartarse–. Voy a... –masculló un juramento y ella lo agarró por las caderas y siguió succionando, más y más fuerte, buscando su rendición de manera tan despiadada como él hacía con ella.

El orgasmo estalló con violencia, pero ella no se apartó y lo recibió hasta el final. Leo se estremeció con jadeos y gemidos entrecortados y finalmente se desplomó sobre ella como una marioneta a la que le hubieran cortado los hilos.

Eliza le acarició la espalda y los hombros, masajeándole lentamente los músculos. A Leo siempre le habían gustado sus masajes y a ella le encantaba dárselos. Había algo reverencial en tocarlo de aquella manera, con largas y suaves caricias de las palmas y los dedos, redescubriéndolo como un preciado recuerdo que creía haber perdido para siempre.

—Tienes los hombros agarrotados. Deberías relajarte más.

—No puedo estar más relajado de lo que estoy ahora.

—Solo digo que...

Él se apoyó en las codos y la miró a los ojos.

—Lo estamos haciendo al revés. No es así como suelo hacer yo las cosas.

Eliza le dio unos golpecitos en los pectorales.

—Me pagas para complacerte. Eso cambia las cosas, ¿no crees?

Él le retiró la mano del pecho y se incorporó con el ceño fruncido.

—¿Así es como quieres que sea?

—¿Tengo elección?

Él le sostuvo la mirada unos segundos, antes de ponerse en pie y pasarse una mano por el pelo.

—El dinero está en tu cuenta. Hice el ingreso hace una hora.

—Gracias, señor.

Leo guardó otro breve silencio antes de hablar.

–Tengo que ir a París por negocios. Marella se quedará aquí a ayudarte con Alessandra.

–¿Cuánto tiempo estarás fuera?

–Uno o dos días.

–¿Por qué no nos llevas contigo? –le sugirió ella–. Es un viaje muy corto. No será difícil organizarse, y para Alessandra sería una emocionante aventura. La ayudaría a adquirir confianza y a relacionarse con otras personas, aparte de Marella, tú y yo.

Leo apretó la mandíbula.

–Quizá en otra ocasión.

Era lo mismo que decir «nunca jamás». ¿Qué temía Leo que fuera a pasarle a su hija si la sacaba de la villa por una vez? Era imposible que Alessandra llevara una vida normal si su padre la mantenía alejada de la normalidad.

–No puedes esconderla para siempre.

–¿Eso crees que hago?

–Nadie sabe que tienes una hija, y menos que es ciega.

–No quiero que mi hija sufra las burlas o la compasión de la prensa. ¿Te imaginas lo terrible que sería para ella el acoso de los paparazzi? Es demasiado pequeña para comprenderlo. No permitiré que la traten como a un bicho raro cada vez que se muestre en público.

–Entiendo lo que sientes, pero ella necesita...

Leo la apuntó amenazadoramente con un dedo.

–No, no lo entiendes. No tienes ni idea de lo que es tener una hija minusválida. No puede ver, ¿entiendes? No puede ver y no hay nada que yo pueda hacer.

Eliza tragó saliva y se compadeció de él. Estaba furioso y resentido, pero en el fondo se sentía frustrado e impotente por no poder ayudar a su hija. Era lógico que siempre estuviera tan tenso y nervioso.

–Lo siento...

Él respiró profundamente y pareció calmarse un poco.

–Y yo siento haberte gritado.

–No tienes que disculparte.

Leo volvió a sentarse junto a ella y le apartó el pelo de la frente.

–Sé que solo intentas ayudar, pero todo esto me sobrepasa.

–No tendría que haber dicho nada –admitió ella, avergonzada.

Él le acarició el labio con la yema del pulgar.

–Claro que sí. Eres experta en tratar con niños y aprecio tu opinión, aunque no siempre esté de acuerdo.

–Simplemente se me ocurrió que sería bueno que Alessandra empezara a desplegar las alas. Entiendo que quieras protegerla de la prensa. Pero tarde o temprano tendrá que enfrentarse al mundo exterior. No puede pasar toda la vida aquí encerrada. Necesita relacionarse con otros niños, hacer amigos, ir a fiestas de cumpleaños, salir de excursión al campo...

Leo la observó detenidamente.

–Quizá tenga que ir a Londres la semana que viene. Si crees que es beneficioso para Alessandra, tal vez podamos llevarla. Podría oler las rosas de Kew Gardens o algo así.

Eliza le dedicó una dulce sonrisa y posó la mano sobre la suya.

–Es muy afortunada de tener un padre como tú. Cualquier niña daría lo que fuera por que sus padres la quisieran como tú quieres a tu hija.

Él entrelazó los dedos con los suyos.

—Nunca me has hablado de tu padre. Recuerdo que me dijiste que tu madre murió cuando eras niña. ¿Tu padre aún vive?

Eliza bajó la mirada a sus manos unidas.

—Sí, pero solo lo vi una vez.

—¿No os lleváis bien?

—No tenemos nada en común —le pasó un dedo sobre los nudillos, sin alzar la mirada—. Se podría decir que vivimos en mundos distintos.

Él se llevó la mano a la boca y le besó los dedos.

—Se te ha enfriado el desayuno. ¿Quieres que te prepare otro?

—No es necesario. No estoy acostumbrada a que me traigan el desayuno a la cama.

Leo agarró su dedo anular.

—¿Tu novio no te trata como a una princesa?

Eliza fue incapaz de enfrentarse a su mirada.

—Ya no.

—¿Por qué sigues con él?

—Prefiero no hablar de ello.

Leo le puso la mano en la barbilla para obligarla a mirarlo.

—¿Tiene algún tipo de dominio sobre ti? ¿Le tienes miedo?

—No, no le tengo miedo. No es esa clase de persona.

—¿Qué tipo de persona es?

Eliza le lanzó una mirada de irritación.

—¿Podemos dejar esta conversación? No me siento cómoda hablando de él mientras me pagas para acostarme contigo.

—En ese caso, quizá deba asegurarme de que vales lo que he pagado mientras estés aquí, ¿no? —le sujetó las muñecas a ambos lados de la cabeza y le clavó una mirada ardiente y posesiva mientras apretaba su excitación contra ella.

Era del todo innecesario que la sujetara, porque Eliza no habría tenido la fuerza ni la voluntad de apartarlo. El cuerpo le ardía con un deseo enloquecedor, desesperada por sentirlo dentro de ella. Él le soltó una mano para apartar la sábana que la cubría y contempló su desnudez con un apetito insaciable, antes de descender hacia ella para devorarle la boca. Mientras la besaba con un ansia frenética, agarró un preservativo de la mesilla y se lo colocó sin despegar la boca de la suya. Por su parte, Eliza le respondía con una pasión igualmente enardecida, usando los dientes como una tigresa en celo para morderlo y tirarle del labio.

Leo la penetró con una embestida profunda y certera que le arrancó un grito ahogado. La poseyó con una furia ciega y delirante, y Eliza sintió la presión creciendo rápidamente dentro de ella, como una olla a presión a punto de explotar. Su cuerpo solo necesitó un mínimo estímulo de los dedos de Leo para alcanzar el clímax.

Pero Leo no se detuvo allí.

Sin darle tiempo a recuperar el aliento, la puso boca abajo y se colocó a horcajadas sobre ella. La sujetó con fuerza por las caderas y la penetró por detrás a un ritmo salvaje, enloqueciéndola de placer.

Había algo morboso y primario en aquella posición dominante. Se sentía como si la estuviera domando y sometiendo al tiempo que la hacía gozar. Lo oía respirar con dificultad, luchando por retener el control, mientras le clavaba dolorosamente las manos en las caderas.

Entonces ella levantó mínimamente el trasero, y el cambio en la fricción provocó una explosión tan violenta que, pasados los temblores y convulsiones, se quedó totalmente exhausta, incapaz de moverse ni de pensar.

Un segundo después, sintió que Leo le apretaba aún más las caderas y cómo se vaciaba en una serie de violentos espasmos y gemidos.

¿Habría experimentado el mismo placer con sus otras amantes? ¿Sería una ingenua por pensar que ella era especial y que con nadie más había sentido nunca algo parecido, hasta el punto de que había ido a buscarla para volver a sentirlo y no porque necesitara una niñera para su hija?

Leo la puso otra vez boca arriba y la miró durante un largo rato. No era fácil interpretar su expresión. ¿Estaría, al igual que ella, intentando ocultar lo que sentía?

—Quiero que me prometas una cosa.

Eliza se humedeció los labios, hinchados por sus besos y mordiscos.

—¿El qué?

—Si vamos a Londres, no quiero que te acuestes con tu novio.

Sus palabras fueron como un jarro de agua fría. Pero ¿qué otra cosa se esperaba que dijera?

—¿Qué vas a hacer, encerrarme bajo llave?

—No voy a permitir que vayas de una cama a otra. ¿Me he expresado con claridad?

A Eliza le molestaba que la creyera capaz de hacer eso, aunque la culpa era suya por no haberle dicho la verdad. Tal vez si se la contara le hiciera entender el angustioso dilema que estaba viviendo. Se lo había ocultado durante bastante tiempo, sí, pero quizá aún pudiera aclararlo.

—Leo... hay algo que debes saber sobre Ewan...

–No quiero ni que pronuncies su nombre en mi presencia –la cortó él–. No voy a compartirte con él ni con nadie. Te he pagado por tu tiempo y no voy a conformarme con menos –se levantó de la cama y se puso rápidamente el pantalón.

El orgullo acudió finalmente en su ayuda. También ella se levantó, sin preocuparse por su desnudez, y lo golpeó con un dedo en el pecho.

–¿Cómo te atreves a decirme de quién puedo y no puedo hablar en tu presencia? Me da igual lo que me pagues. No voy a tolerar que me des órdenes.

–Harás lo que yo te diga o tendrás que atenerte a las consecuencias.

–Si crees que eso me asusta, estás muy equivocado –no era cierto, pero no iba a admitirlo.

El rostro de Leo era una mueca de implacable determinación.

–¿Quieres tener un trabajo al que volver al final del verano? Pues ten mucho cuidado con lo que haces. Una sola palabra mía y tu carrera como profesora habrá acabado para siempre.

La indignación la hizo explotar.

–¡No puedes hacer eso!

Pero la mirada de Leo le decía que podía y que lo haría.

–Te veré cuando regrese.

Capítulo 10

PASÓ casi una semana hasta que Eliza volvió a ver a Leo. Al parecer, el proyecto de París presentaba algunos imprevistos que lo obligaban a alargar su estancia. Estaba claro que su trabajo le consumía mucho tiempo, pero Eliza se preguntaba si quizá lo estaría haciendo deliberadamente. Apenas hablaba con ella cuando llamaba para que lo pusiera al día sobre los progresos de Alessandra. Eran conversaciones excesivamente rígidas y formales, como las que mantendría un poderoso jefe con una humilde empleada. A ella la sacaba de quicio, pero el orgullo le impedía llamarlo y expresarle su disgusto.

Alessandra echaba de menos a su padre, pero parecía aceptar que tuviera que ausentarse de vez en cuando. A Eliza le encantaba estar con la pequeña, aunque a veces era extremadamente difícil ayudarla a adquirir independencia. Alessandra se mostraba algunos días más motivada que otros.

Tatiana, la orientadora, fue para otra sesión y se mostró muy satisfecha con los progresos que Alessandra había hecho durante la semana. A Eliza le parecía que avanzaba muy despacio, pero Tatiana le aseguró que la niña lo estaba haciendo mejor que otros niños invidentes de su misma edad.

Lo que más le gustaba era llevarse a Alessandra a

dar un paseo por el jardín o incluso hasta una de las cafeterías de Positano. Se lo había comentado a Marella, pero el ama de llaves no estaba muy convencida sobre lo que le parecería a Leo.

—¿Por qué no se lo preguntas la próxima vez que llame? —le sugirió.

Eliza ya sabía cuál sería la respuesta. Un no rotundo. Pero quería demostrarle a Leo lo que su hija podía conseguir, de manera que decidió actuar por su cuenta y riesgo. Al menos no llamaría la atención de la prensa, pues allí nadie la conocía.

El primer paseo fuera de la villa fue muy lento, pero Eliza se consoló en lo que parecía disfrutar Alessandra con los nuevos olores y sonidos. No pudo evitar deprimirse al contemplar la maravillosa vista del océano bajo el sol, salpicado de barcos, veleros y yates de lujo, y pensar que Alessandra nunca podría verlo. Aunque por otro lado, si la niña había nacido ciega no podría echar de menos una belleza que nunca había visto.

En el segundo paseo se aventuraron un poco más. Eliza le pidió a Giuseppe que las llevara hasta Spiaggia Fornillo, la playa más tranquila de las dos que había en Positano. Fue todo un logro conseguir que Alessandra caminara descalza por la pedregosa orilla, pero la experiencia resultó muy gratificante.

—¿Has nadado alguna vez? —le preguntó mientras volvían a la villa en coche.

—Kathleen me llevó una vez, pero no me gustó.

—A mí tampoco me gustaba al principio. Pero cuando superas el miedo y aprendes a flotar, es una de las cosas más agradables que se pueden hacer, sobre todo en un día caluroso.

Aquella misma tarde, Eliza llevó a Alessandra a la

piscina para enseñarle a nadar. Tras protegerla con abundante crema solar, la metió poco a poco en el agua para que se fuera acostumbrando. Al principio estaba muy asustada, pero no tardó en estar flotando boca arriba, sostenida por Eliza.

–¿Estoy nadando ya? –preguntó, casi tragando agua en su entusiasmo.

–Casi, cariño. Ahora vamos a intentar que flotes boca abajo. Para ello tendrás que contener la respiración. ¿Recuerdas cómo te hecho soplar burbujas antes?

Le dio la vuelta con cuidado y le puso la cara en el agua. La niña sopló algunas burbujas, pero tuvo que levantar la cabeza casi enseguida para tomar aire. Escupió un poco de agua, pero no pareció que le molestara mucho.

–Muy bien –la alabó Eliza–. Eres una niña de agua, ¿eh?

Alessandra sonreía con alborozo mientras se agarraba a Eliza como una ranita a un tronco.

–Me gusta nadar. Y tú también me gustas. Ojalá te pudieras quedar conmigo para siempre.

A Eliza se le contrajo el corazón por el inesperado amor que sentía hacia aquella pequeña.

–Tú también me gustas a mí, cariño –y nada le gustaría más que quedarse con ella para siempre.

Una sombra ocultó el sol y Eliza se giró para encontrarse con Leo, tan impasible como siempre.

–Vaya... no sabía que habías vuelto... Alessandra, tu padre está aquí.

–¡Papá, ya sé nadar!

–Ya te he visto, *ma piccola* –dijo él, inclinándose para besarla–. Estoy muy impresionado. ¿Hay sitio para mí?

–¡Sí!

Eliza no dijo nada. La piscina era muy grande, pero no estaba segura de que fuera sensato compartirla con aquel cuerpo musculoso y varonil. Sintió el calor de su mirada en los pechos, que asomaban sobre la superficie, y el íntimo deseo entre las piernas que siempre le provocaba su presencia.

Sus miradas intercambiaron un mensaje silencioso, y Eliza tragó saliva cuando él se quitó la corbata, la camisa y los zapatos. El sol arrancaba destellos en su bronceada musculatura como si fuera una estatua de bronce.

Marella apareció en ese momento con una bandeja de bebidas frías.

–Creo que Alessandra ya ha tomado bastante sol, ¿no? –dijo con una sonrisa de complicidad.

Eliza se ruborizó y no supo qué responder.

–*Grazie*, Marella –dijo Leo–. A Eliza le vendrá bien descansar un poco –le quitó a Alessandra de los brazos y se la pasó al ama de llaves–. Subiré más tarde para acostarte, *tesorina*. Pórtate bien con Marella.

En cuanto se quedaron los dos solos Eliza se cubrió el pecho con los brazos, temblando a pesar del sol.

–¿Qué haces? –le preguntó a Leo al ver como se desabrochaba el cinturón.

–Voy a bañarme contigo.

–Pero no llevas bañador...

Él arqueó una ceja.

–Hubo un tiempo en el que los bañadores te parecían innecesarios, si mal no recuerdo.

–Eso era antes. Aquí nos pueden ver.

Leo se bajó la cremallera y se quedó tan solo con

sus calzoncillos negros, a través de los cuales se empezaba a adivinar una erección.

–¿Me has echado de menos, *cara?*

–No.

Él se echó a reír y se metió en el agua. La agarró por la nuca y le dio un beso en la boca, y Eliza solo necesitó un roce de su lengua para sucumbir a la tentación. El sabor de Leo era salado y mentolado, irresistiblemente erótico. Eliza respondió con avidez y sus lenguas se entrelazaron en un duelo frenético y sensual. Aplastó los pechos contra su torso, sintiendo la fricción de los pezones, erectos, contra el bañador empapado.

Leo le desató los nudos de la parte superior del bikini y la dejó flotando alrededor de su cuerpo como un pulpo de cuatro tentáculos. Le masajeó suavemente los pechos e interrumpió el beso para llenarse la boca con ellos. Eliza se arqueó hacia atrás con deleite, abandonándose por entero a las sensaciones que brotaban de su entrepierna. Se frotó contra la erección de Leo y él respondió con un gemido gutural mientras le desataba los nudos de la parte inferior. La prenda se perdió en el agua y Leo le introdujo inmediatamente los dedos, pero no era suficiente. Eliza quería más. Lo quería todo.

Le quitó los calzoncillos y empezó a tocarlo y frotarlo mientras él la besaba con una mezcla de pasión y desesperación. De repente él se apartó, respirando agitadamente y con los ojos ardiendo de deseo.

–No tengo protección.

–Oh... –la invadió una profunda desilusión, pero él le sonrió con malicia y le pegó la espalda al borde de la piscina.

–¿Por qué pones esa cara, tesoro mío? Podemos hacer otras cosas...

Eliza tembló al pensar en lo creativo que podía ser Leo, pero también ella podía serlo. Comenzó a restregarse contra él, desde el pecho hasta los muslos, torturándolo sin piedad para llevar su excitación al máximo.

Él no tardó en agarrarla por la cintura y sentarla en el borde. Su imagen debía de ser bastante impúdica, abierta de piernas a la vista de cualquiera, pero le daba igual.

El primer roce de su experta lengua la hizo estremecerse con violencia. El segundo la hizo gemir ahogadamente. El tercero le arrancó un grito de placer.

—No te pares, no te pares, no te pares... —le agarró el pelo y se rindió a las sacudidas del orgasmo.

Al volver en sí, Leo le dedicó una sexy sonrisa.

—¿Te ha gustado?

Ella se encogió débilmente de hombros.

—No ha estado mal.

—Pequeña pícara —la metió de nuevo en el agua—. Debería castigarte por mentir. ¿Cuál crees que sería un castigo apropiado?

«Devolverme a mi vida de antes», pensó ella, pero se sacudió mentalmente y se obligó a sonreír.

—No sé... Seguro que ya se te ocurrirá algo.

—¿Qué ocurre? —le preguntó él con el ceño fruncido.

—Nada.

—¿Sigues enfadada conmigo?

Eliza se preguntaba adónde habría ido a parar su enfado. Tan pronto como lo vio aparecer junto a la piscina se había olvidado de la discusión que mantuvieron el día que se marchó a París. Sus sentimientos hacia él eran mucho más confusos y aterradores. Tanto que ni siquiera se atrevía a analizarlos.

–¿Te importa lo que sienta? Solo soy tu empleada. No debo sentir más que gratitud por tener un trabajo.

Leo adoptó una expresión muy seria.

–¿Otra vez volvemos a lo mismo?

–Todo esto lo has provocado tú –dijo ella, intentando controlar sus emociones–. Irrumpiste de nuevo en mi vida y te pusiste a dar órdenes e imponer condiciones. No sé qué quieres de mí. No haces más que cambiar las reglas y no sé cómo comportarme cuando estoy contigo.

Él la miró un momento en silencio.

–¿No puedes ser tú misma?

–Ya ni siquiera sé quién soy.

Él le puso las manos en los hombros y la miró fija e intensamente, pero sin el menor atisbo de ira.

–¿Quién era aquella chica del bar hace cuatro años?

–No estoy segura... Era la primera vez que hacía algo así. Si te soy sincera, me sorprendí de mí misma.

Leo le masajeó delicadamente los hombros.

–A mí también me sorprendiste... Y fue una sorpresa maravillosa.

Eliza se sintió invadida por la tristeza. Qué distinto habría sido todo si hubiera podido comprometerse con él.

–¿De verdad te enamoraste de mí? –lo preguntó sin pensar y enseguida se arrepintió de haberlo hecho. Pero era demasiado tarde para tragarse las palabras, que durante unos segundos quedaron suspendidas en el silencio.

–Creo que tenías razón al decirme que estaba buscando el equilibrio tras la muerte de mi padre. Perder a un padre es un golpe muy duro para un hijo, no importa que sea niño o adulto. No tenía a nadie con quien compartir la pena, y me asustaba la idea de acabar como él, solo y desesperado.

—Lo siento.

Leo le apretó ligeramente los hombros y dejó caer las manos.

—Será mejor que te vistas. Estás empezando a tiritar.

Salio de la piscina, sin importarle estar desnudo, y se puso los pantalones sin secarse. Agarró los zapatos, se echó la camisa y corbata sobre el hombro y entró en la casa sin mirar atrás.

Horas más tarde Eliza bajó al salón y encontró a Leo de pie, con una copa en la mano. Por su postura se podía adivinar que su estado de ánimo no era el mismo de la piscina. Se giró al oírla entrar y la fulminó con la mirada.

—Alessandra me ha dicho que la has sacado de la villa en dos ocasiones.

—No fuimos muy lejos —respondió ella a la defensiva—. Nunca había estado en la playa y...

—Esa no es la cuestión. ¿Tienes idea del riesgo que supone?

—Por amor de Dios, ¿qué hay de arriesgado en que camine por la calle o en que meta los pies en el mar? Estuve con ella en todo momento.

—Desobedeciste mis instrucciones.

Eliza le frunció el ceño.

—Dijiste que iríamos a Londres la semana que viene, y se me ocurrió prepararla para el viaje.

—Dije que lo pensaría.

—No, lo que dijiste es que si yo creía que era beneficioso para ella podríamos llevarla. Por eso la estaba preparando, y he de decir que ha respondido muy bien.

Leo tenía el rostro contraído en una mueca de enojo.

–¿Os vio alguien? ¿Había paparazzi por los alrededores?

–No, ¿por qué tendría que haber? Nadie sabe quién soy.

–Eso cambiará en cuanto nos vean juntos en público. ¿No has pensado en cómo vas a explicárselo a tu novio?

–Sí, lo he pensado. Le diré la verdad.

–¿Vas a decirle que te pago para que te acuestes conmigo?

–Es la verdad, ¿no?

Leo desvió la mirada y soltó un resoplido.

–No te pedí que vinieras para eso.

–Eso dices, pero es evidente que lo deseabas desde el principio.

Él tomó un largo trago de su copa.

–No habrás olvidado que tienes prohibido hablar con la prensa, ¿verdad?

–No.

–Parece que no te gusta mucho acatar las normas, ¿me equivoco, Eliza?

–Y a ti te gusta improvisarlas a medida que avanzas, ¿no? –replicó ella.

Leo esbozó una sonrisa torcida.

–Me preguntaba cuándo regresaría.

–¿A qué te refieres?

–A la chica del bar. Aquella seductora atrevida, fogosa y descarada –los ojos le brillaron–. Me gusta esa chica. Me excita...

Eliza intentó ignorar el calor que la abrasaba por dentro.

–Y a mí me gustaba el hombre al que vi en la piscina esta tarde.

–¿Qué te gustaba de él?

–Que era agradable.

–¿Agradable? –se rio–. Yo no me describiría de esa manera.

–Hace cuatro años lo eras. Me pareciste el hombre más agradable que había conocido.

Los ojos de Leo brillaron aún más.

–¿A pesar de haberte arrancado la ropa y de lo que hice contigo la noche que nos conocimos?

–¿Me quejé en algún momento?

–No –volvió a fruncir el ceño y el atisbo de sonrisa desapareció de su rostro–. ¿Por qué me acompañaste a mi habitación esa noche?

–Ya te lo dije. No pensaba muy bien en lo que hacía, aturdida por el cambio horario.

–Corriste un riesgo muy grande. Podría haber sido cualquiera... y podría haberte hecho daño.

–Confiaba en ti.

–Qué tonta...

Eliza sintió un escalofrío en los brazos. Leo la deseaba. Lo sentía en el aire que los rodeaba.

–Tú también te arriesgaste mucho.

Leo volvió a sonreír.

–No sé cómo podrías haberme hecho daño. Peso casi el doble que tú.

Y, sin embargo, le había hecho daño, pensó ella. Por eso había ido a buscarla.

–¿Vas a servirme una copa o tengo que pasar por un aro?

–Nada de aros –dijo él–. Solo un beso.

Ella ladeó la cabeza y le sostuvo la mirada mientras la sangre le hervía en las venas.

–¿Es una orden?

Él la agarró y tiró de ella para apretarla contra su cuerpo.

–Desde luego que sí.

Capítulo 11

AL DÍA siguiente, cuando Eliza bajó a Alessandra para desayunar Leo las detuvo en la puerta. Tomó a su hija en brazos y la apretó afectuosamente contra su pecho, y a Eliza se le derritió el corazón al ver la imagen de aquel hombre tan grande y varonil protegiendo a una niña pequeña.

¿Eran imaginaciones suyas o Leo parecía un poco más relajado aquella mañana? No había descansado mucho durante la noche, como tampoco ella. Habían hecho el amor de una manera especialmente apasionada y salvaje, y Eliza aún tenía los músculos doloridos por sus poderosas embestidas. Pero por mucho que le gustara aquella pasión frenética y descontrolada, una parte de ella anhelaba algo más emocional. Tal vez Leo no sintiera más que placer y desahogo durante el acto. Pero ella necesitaba sentir algo más que satisfacción sexual.

—He pensado que podríamos desayunar en el agua –dijo él–. ¿Te gustaría, *ma piccola*?

—¿En la piscina? –preguntó Alessandra.

—No. En mi barco.

—¿Tienes un barco? –le preguntó Eliza.

—Está amarrado en el puerto. Nunca he llevado a Alessandra a navegar, y puede ser divertido para ella. Marella nos está preparando una bolsa de picnic.

Eliza reconoció el esfuerzo que estaba haciendo para pasar más tiempo con su hija. Era un gran paso para él, pero para Alessandra sería una experiencia maravillosa.

–¿Puedo llevarme a Rosie? –preguntó la niña.

–¿Quién es Rosie?

–Es el perrito que me hizo Eliza. Tiene orejas grandes y un rabo, como un perrito de verdad.

Leo miró a Eliza por encima de la cabeza de su hija.

–Eliza es muy lista... Sabe hacer muchas cosas bien.

–Quiero que se quede conmigo para siempre –declaró Alessandra–. ¿Puedes hacer que se quede, papá? Quiero que sea mi mamá. Me lee cuentos en la cama y me arropa y me da muchos abrazos.

A Eliza se le cerró la garganta por la emoción y tuvo que parpadear unas cuantas veces para contener las lágrimas. Alessandra necesitaba una presencia permanente en su vida, lo mismo que ella había anhelado de niña. Su infancia había sido solitaria y desgraciada, buscando desesperadamente el amor en las familias adoptivas que se hacían cargo de ella temporalmente. Siempre se culpaba a sí misma por no ser lo bastante bonita, lista o buena, y aquella presión llegó a tal extremo que finalmente desistió de hacer lo correcto y se puso a sabotear las relaciones que más podrían haberla ayudado.

Pero era imposible no querer a Alessandra. La pequeña le había conquistado el corazón, y Eliza no se atrevía a pensar en su inminente separación. Dejar a Leo sería doloroso, pero dejar a su hija sería aún peor.

–Me temo que eso no es posible –dijo Leo en tono flemático–. Y ahora, vámonos de picnic.

El barco de Leo estaba amarrado entre otras embarcaciones de lujo. Era una lancha motora de gran tamaño, esbelta y elegante, con un diseño dinámico y depurado que surcaba las olas como una flecha. El sol brillaba con fuerza y hacía relucir la superficie del mar como un manto de diamantes. Alessandra no podía admirar la belleza que los rodeaba, pero disfrutaba mucho con la brisa y la espuma que le salpicaban la cara.

—¡Me está mojando!

—El mar te está lanzando besos —le dijo Eliza, y la besó en el pelo antes de girarse hacia Leo—. Es una lancha muy bonita, Leo. ¿Desde cuánto la tienes?

—La compré antes de que naciera Alessandra —se apartó el pelo de la cara y Eliza advirtió su ceño fruncido a pesar de llevar gafas de sol—. Pensaba que sería fantástico salir a navegar en familia... Pero solo lo hago de vez en cuando, de noche, cuando Alessandra está durmiendo y Kathleen o Marella se quedan con ella. Quizá debería pensar en venderla.

Eliza miró sus cabellos, alborotados por el viento, y una pequeña esperanza brotó en su corazón.

—¿Eso hiciste la otra noche? ¿Salir a navegar... tú solo?

—No era lo que esperabas de un playboy, ¿verdad?

Eliza confió en que Alessandra, sentada en su rodilla, no entendiera nada de lo que estaban hablando.

—¿Cuándo fue la última vez que... fuiste un playboy?

—Me tomé muy en serio mi matrimonio, aunque no volvimos a hacer el amor desde la primera noche. Ambos acordamos mantener la relación en un nivel platónico. Y desde que mu... desde que nos dejó, hace diez meses —miró brevemente a su hija—, he tenido otras prioridades.

Eliza se quedó anonadada por la revelación. En los

últimos cuatro años Leo no había estado con nadie. Al igual que había hecho ella, se había concentrado en sus responsabilidades y había intentado sobreponerse a las difíciles circunstancias. La noche en que ella había creído que se estaba acostando con alguna amante había salido a navegar... en solitario. Seguramente torturado por la culpa y la agonía.

Alessandra se removió en su regazo.

—Tengo hambre.

—Vamos a desayunar —le dijo Eliza, revolviéndole sus negros cabellos.

—¿Puedes servir el desayuno mientras yo enseño a esta jovencita a llevar el timón?

—¿Puedo llevar el timón? ¿De verdad? —preguntó Alessandra con entusiasmo—. ¿Pero y si me choco con algo?

Leo la levantó en brazos y la llevó hacia la popa.

—Estaré a tu lado para guiarte, *ma piccola*. Seremos un equipo. Los miembros de un equipo trabajan juntos para ayudarse mutuamente.

—¿Puede Eliza ser parte de nuestro equipo? ¿Para siempre, siempre, siempre?

Eliza desvió rápidamente la mirada hacia el mar para que Leo no pudiera ver sus lágrimas. ¿Por qué la vida tenía que ser siempre tan difícil? Si elegía quedarse, estaría abandonado a Samantha y a Ewan. Si elegía marcharse, no solo se rompería el corazón a sí misma, sino también el de Alessandra.

En cuanto al corazón de Leo... ignoraba si aún lo tenía, después de lo ocurrido cuatro años antes. Quería a su hija, sí, pero no parecía dispuesto a permitir que nadie más entrara en sus sentimientos.

—Ahora forma parte de nuestro equipo —dijo Leo

con voz grave y profunda–. Pon las manos en el timón... Eso es. Y ahora, vamos allá... ¡a todo gas!

De regreso al puerto tras haber desayunado, Leo
miró a Eliza, que estaba sentada con su hija en el regazo. Cualquiera que las viese la tomaría por la madre
biológica de Alessandra, con su brillante pelo color
caoba y su piel cremosa.

Leo había pagado una suma desorbitada para hacerse con sus servicios como niñera, pero intuía que
Eliza habría hecho lo mismo sin cobrar nada. Parecía
tenerle un cariño sincero a Alessandra. Él las había
observado muchas veces sin que ella se diera cuenta,
y no podía creerse que sus besos, abrazos y carantoñas
fueran falsos.

También Marella había comentado lo contenta que
parecía Alessandra con Eliza. En honor a la verdad, a
él no le hacía mucha gracia la relación que Eliza estaba forjando con su hija. No había previsto que Alessandra se encariñara con ella tan rápido, estando tan
unida a Kathleen.

Y, por mucho que odiase admitirlo, las risas y pisadas por los pasillos hacían que la villa pareciera por
fin un hogar.

¿Cómo iba a arreglárselas sin Eliza?

Cuando volvieran de Londres quedarían menos de
diez días para que Kathleen regresara. Le había enviado un e-mail diciéndole que no se quedaría con su
familia en Irlanda, pero la noticia no lo había alegrado
como debería.

Eliza ya no llevaba su anillo de compromiso en el
dedo, sino en una cadena alrededor del cuello. Se lo
quitaba siempre que se acostaban juntos, pero a Leo

le molestaba que lo conservase. Sabía que no estaba enamorada de su novio, pero tampoco le gustaba pensar que se había enamorado de él.

Su relación era exclusivamente sexual, sin sentimientos implicados. Y él estaba muy feliz con la situación. Bueno, tal vez no feliz del todo, pero sí contento, satisfecho...

¿A quién pretendía engañar? Lo que estaba era frustrado. Cuando estaba con Eliza sentía que ella se entregaba físicamente, pero nada más. Una parte de ella permanecía fuera de su alcance. Y, por alguna extraña razón, Leo ansiaba conquistar esa parte esquiva que se negaba a ofrecerle. No era que estuviese enamorado de ella. Se había jurado que nunca más volvería a exponerse a los sentimientos. Había aprendido duramente la lección en su infancia, cuando su madre, la persona a quien más quería en el mundo, lo había abandonado como si no significara nada para ella.

Jamás permitiría que volvieran a hacerle lo mismo.

Con Eliza había bajado la guardia cuatro años antes. La muerte de su padre lo había dejado aturdido y confuso, y en Eliza había encontrado algo especial, una especie de afinidad espiritual, por muy ridículo que pareciera. Su compatibilidad física trascendía todo lo que había sentido hasta entonces, como si cada uno buscara en el otro el consuelo para sus almas heridas.

Pero ella no iba quedarse con él para siempre, ni él iba a pedírselo. Tendría que dejarla marchar cuando llegara el momento. No la necesitaría más como niñera si Kathleen pensaba regresar.

Tal vez como niñera no, pero ¿qué pasaba con sus otras necesidades?

Bueno, para satisfacerlas siempre había muchas

otras mujeres que buscaban lo mismo que él: una aventura sexual sin compromisos ni sentimientos, sin ataduras ni remordimientos.

Ya había vivido como un playboy. Y podría volver a hacerlo.

Al acercarse al puerto, Eliza vio a un fotógrafo en el muelle apuntando su teleobjetivo hacia ellos.

—Leo...

—¿Qué ocurre?

Ella apuntó con la cabeza en dirección al hombre.

—Puede que solo sea un turista, pero...

—Lleva a Alessandra abajo —le ordenó.

—No creo que...

—Haz lo que te digo.

Elisa se levantó, protegiendo la cabeza de la niña con una mano, y la llevó bajo cubierta, donde la acostó en una de las camas del lujoso camarote. Cerró la puerta y se sentó en el sofá, molesta por la actitud de Leo. Entendía que quisiera proteger a su hija, pero cuanto más importancia le diera al problema más inquietaría a Alessandra. Sería mejor explicarle que había periodistas que intentaban husmear en la vida privada de su padre, pues en eso consistía ser una figura pública.

¿Cómo se atrevía a hablarle como si fuera una criada? ¡Eran amantes, por amor de Dios! Tal vez solo fuera algo temporal, pero ella no iba a permitir que la tratara de aquel modo.

Leo bajó a la cabina unos minutos después, muy enfadado.

—Cuando te pida que hagas algo espero que lo hagas, no que te pongas a discutirlo.

Eliza se levantó de un salto y lo miró furiosa.

–No me lo has pedido. Me lo has ordenado.

Leo apretó duramente los labios.

–Harás lo que yo te pida u ordene, ¿está claro?

–No tolero que me hablen así. ¿Y si Alessandra hubiera estado despierta? ¿Qué pensaría si te oyera ladrarme de esa manera, como si yo no fuese más que una criada?

–¿Insinúas que quieres ser algo más para mí que una empleada?

Eliza deseó tragarse sus palabras.

–No... No estoy insinuando eso.

–¿Entonces?

Ella soltó el aire. Quería ser para él algo más que una aventura temporal, pero Leo nunca se lo pediría. Y si por algún milagro se lo pidiera, ella no sería libre para aceptarlo.

–Lo que digo es que no tienes derecho a darme órdenes como si estuviéramos en el ejército. La presencia de los periodistas es y será constante en tu vida. Más te valdría preparar a Alessandra para ello. Ya es lo bastante mayor para entender que la gente se interesa por tu vida.

Leo se pasó una mano por el pelo, alborotándoselo aún más de lo que estaba.

–Lo siento. No debería haberte gritado, pero me pilló desprevenido aquel tipo con la cámara.

–¿Era un periodista?

–Seguramente. Ignoro para qué periódico o agencia trabaja, pero eso no importa. Las fotos se propagarán como la pólvora en cuestión de minutos –su expresión se endureció–. No soporto la idea de que mi hija se convierta en el blanco de los paparazzi. No estoy preparado para eso.

–Ya sé que para ti es muy duro –dijo Eliza–. Pero si no te relajas le transmitirás tu tensión a Alessandra. Cuanto más trates de evitar a esa gente, más te perseguirán.

–Puede que tengas razón –le echó una mirada cansada y abatida–. Siempre me juré que nunca expondría a Alessandra a una infancia como la que yo tuve. Quiero protegerla a toda costa, y que se sienta querida y segura.

–¿Cómo fue tu infancia?

Leo respiró profundamente y soltó el aire de golpe.

–No fue una infancia precisamente idílica. Creo que mi madre necesitaba justificarse por habernos abandonado, y lo que hizo fue publicar una lista con las infracciones que supuestamente habíamos cometido mi padre y yo. Yo solo era un crío y no había hecho nada. Y mi padre... lo único que había hecho era amarla. La prensa se encargó de hacer el resto, naturalmente. El escándalo protagonizado por mi madre salió en todos los periódicos, pero a ella no le importaba. Se enorgullecía de haber escapado de su prisión doméstica. Aquello destruyó a mi padre. Se derrumbó emocionalmente al pensar que no había sido suficiente para ella... y que ella se había vendido a alguien que tenía más dinero que él.

A Eliza le resultó más fácil entender su feroz deseo por proteger a Alessandra de los medios de comunicación. De niño Leo se había visto en un fuego cruzado. Qué horrible debía de haber sido para él que su vida privada se hiciera pública.

–No tienes la culpa de los problemas de tus padres –le dijo, poniéndole una mano en el brazo.

Él la miró durante unos segundos.

–¿Cómo murió tu madre?

Ella dejó caer la mano y se dio la vuelta, cruzándose de brazos.

–¿Eso qué tiene que ver?

–Quiero saberlo. ¿Qué le pasó?

Eliza respiró hondo y volvió a encararlo. ¿Qué sentido tenía ocultarlo? Ella era el resultado de la degradación y la desesperación, y eso no podía cambiarlo. Nada iba a borrar su pasado por arte de magia.

–Las drogas y el alcohol la consumieron hasta la muerte. Sospecho que fue mi padre quien la metió en ese mundo, porque está cumpliendo condena por narcotráfico. La única vez que fui a visitarlo me pidió que vendiera droga por él. Me negué, como podrás imaginar. La única familia verdadera que he conocido es la de mi novio. Así que yo tampoco he tenido una infancia idílica...

Él le puso una mano en el hombro.

–Lo siento.

Eliza le dedicó un atisbo de sonrisa.

–¿Por qué lo sientes? No es culpa tuya. Ya estaba mal cuando te conocí.

Él la escudriñó atentamente con la mirada, buscando a la persona que se escondía tras las sombras.

–Puede ser, pero yo hice que estuvieras peor.

–Te equivocas –le puso una mano en el pecho y sintió sus latidos, serenos y sosegados–. Fui muy feliz en aquellas tres semanas. Fue como vivir la vida de otra persona, sin preocuparme por nada ni por nadie. Era un sueño, una fantasía que no quería que acabara.

–¿Entonces por qué la acabaste?

Eliza retiró la mano de su pecho y se tocó el pelo.

–Todo lo bueno acaba, ¿no? Era el momento de seguir adelante. Y pronto volverá a ser el momento de marcharse.

–¿Qué pasa con Alessandra? Eres muy buena con ella, y se siente muy unida a ti.

Eliza sintió una dolorosa punzada en el corazón.

–Lo superará. Tendrá a Kathleen y a Marella, y lo más importante, te tendrá a ti.

–¿La echarás de menos?

–Terriblemente.

–¿Y a mí? –su expresión se volvió inescrutable–. ¿También a mí me echarás de menos?

A Eliza se le volvió a contraer el corazón al pensar en abandonarlo. ¿Volverían a cruzarse sus caminos, o tan solo sabría de él por las fotos en que apareciera con otra mujer del brazo? ¿Cómo lo soportaría? ¿Y si Leo decidía volver a casarse? ¿Y si tuviera más hijos mientras que ella seguía atrapada en una vida triste y solitaria, comprometida con un hombre que no podía dejarla libre aunque quisiera?

Se obligó a sonreír.

–Echaré de menos salir a navegar y vivir en una casa tan grande como un bloque de apartamentos.

–No te he preguntado eso.

–¿Y qué quieres saber exactamente? No quieres que me quede aquí para siempre. Kathleen va a volver. Ya no me necesitas.

–Será mejor que volvamos a casa –dijo él. Su rostro era como una máscara de piedra–. Tengo que ocuparme de algunas cosas antes de que salgamos mañana para Londres.

–¿Nos vamos mañana?

–El tesorero de tu escuela quiere reunirse conmigo. Me habló de un proyecto que habías propuesto para las madres solteras y la ayuda psicológica a los niños con necesidades especiales. Me parece una buena idea y me gustaría saber más del tema.

A Eliza le costó contener su asombro.

–No sé qué decir...

Él la miró con dureza.

–No le busques ninguna razón sentimental. Tengo mucho dinero y quiero darle un buen uso. Hay otras escuelas y obras de caridad que necesitan fondos desesperadamente. Tengo que elegir con cuidado las que puedan ser más productivas a largo plazo.

–En cualquier caso, significa mucho para mí. Desde hace mucho tiempo he soñado con llevar a cabo este proyecto. No sé cómo darte las gracias.

–No quiero ni necesito tu agradecimiento –dijo, y fue hacia la cabina donde estaba durmiendo Alessandra–. Reúnete conmigo en el coche. El paparazzi ya se habrá marchado.

Capítulo 12

ELIZA no vio a Leo hasta la mañana siguiente, cuando se disponían a salir para Londres. La noche anterior había estado esperándolo, pero no había ido a verla.

Seguía profundamente conmovida por la ayuda que Leo pensaba brindarle a su escuela. No estaba segura de lo que ocultaban sus motivos, pero agradecía el interés que tenía en su proyecto.

¿Había suavizado su actitud hacia ella? ¿Dejaría de odiarla por haberlo rechazado años atrás? ¿Sería el momento de contarle la verdad sobre Ewan? Él le había prohibido expresamente que le hablara de su novio, pero quizá podría encontrar algún momento tranquilo durante el viaje a Londres para explicarle las circunstancias. Tal vez aparentaba ser un ejecutivo implacable, pero en el fondo tenía buen corazón. Ella se lo había visto muchas veces, cuando estaba con su hija.

Necesitaba que comprendiera su situación, y cada vez estaba más convencida de que tenía derecho a saberlo. No podía dejarlo sin explicárselo todo.

–El *signor* Valente quiere hablar contigo en el estudio –le dijo Marella mientras tomaba a Alessandra en brazos–. Mientras tanto, llevaré a Alessandra al coche. Giuseppe se ocupará de las maletas.

Eliza encontró a Leo de pie tras la mesa, mirando

el jardín. Él se volvió al oírla y agarró el periódico que había en la mesa para tendérselo con una expresión inescrutable.

–La prensa te señala como mi nueva amante.

Ella agarró el periódico y miró la foto en la que aparecía con Alessandra en la cubierta del barco. El texto decía:

¿Una nueva madrastra para Alessandra Valente? Eliza Lincoln, profesora de primaria en Londres, es la misteriosa mujer que acompaña a Leo Valente.

Eliza tragó saliva. Si la noticia llegaba a Inglaterra, ¿qué pensaría Samantha de ella? Le había contado una verdad a medias en vez de mentirle. Le había dicho que iba a visitar a un viejo amigo en Italia y sustituir temporalmente a la niñera de su hija, pero no le había dicho que ese viejo amigo era el hombre del que se había enamorado cuatro años antes. Samantha se quedaría destrozada al enterarse.

–Quizá quieras advertir a tu novio, por si acaso la noticia llega a la prensa británica –le dijo Leo. Como si hubiera leído sus pensamientos.

–Sí...

–Sospecho que la prensa estará esperándonos cuando lleguemos a Londres. Recuerda que tienes prohibido hacer comentarios sobre el tiempo que pasas aquí.

Eliza se irguió y le devolvió el periódico.

–No lo he olvidado.

El vuelo a Londres transcurrió sin incidentes, pero, tal y como Leo había predicho, al bajarse del taxi que los condujo al hotel había esperándolos un montón de periodistas para fotografiar a la joven inglesa del barco.

–Señorita Lincoln, ¿qué piensa su novio, Ewan Brockman, de que esté pasando el verano con el multimillonario Leo Valente en su villa de la Costa Amalfitana?

Eliza se quedó de piedra. ¿Cómo podían haberlo descubierto? ¿Y qué más sabían? Samantha siempre se había mostrado inflexible a la hora de mantener la discreción sobre el estado de su hijo. Había hecho lo posible por conservar la dignidad de Ewan, y Eliza la quería y respetaba por ello ¿Quién habría filtrado su nombre a la prensa? ¿Alguien de la escuela? Solo Georgie conocía el estado de Ewan. ¿La habría presionado algún periodista en busca de detalles?

–La señorita Lincoln es la niñera temporal de mi hija –respondió Leo antes de que Eliza pudiera abrir la boca–. Volverá con su novio en pocos días. Por favor, déjennos pasar. Mi hija se está asustando.

Era cierto. Alessandra comenzaba a gimotear, pero Eliza tenía el presentimiento de que se debía a las palabras de Leo sobre su inminente marcha, más que al acoso de la prensa. Acurrucó a la pequeña contra su pecho y le protegió la cara de las cámaras para entrar en el hotel.

Una vez en la suite, acostaron a Alessandra y Marella se ofreció a cuidarla mientras Leo y Eliza iban a comer.

–¿Crees que será buena idea? –preguntó Eliza cuando Leo hizo una reserva por teléfono.

–Tenemos que comer, ¿no?

–Sí, pero podríamos comer aquí –se puso a manosear la cadena alrededor del cuello–. ¿Qué sentido tiene salir a llamar la atención? No nos dejarán en paz.

Él arqueó una ceja con ironía.

–Tú fuiste la que dijo que no debería esconder a Alessandra.

–No me refiero a Alessandra, sino a mí y a mi reputación. Las cosas que dicen de mí van a hacer daño a otras personas.

–¿Te refieres a tu novio?

Eliza no había tenido tiempo ni intimidad para llamar a Samantha, y esperaba recibir una llamada suya en cualquier momento, exigiéndole saber qué demonios ocurría. Estaba muy nerviosa, le dolía la cabeza y sentía náuseas en el estómago.

–No me gusta que me tomen por tu amante.

–Es la verdad, ¿no?

–No por mucho tiempo –se colgó el bolso al hombro–. Vamos. Quiero volver al hotel lo antes posible y acostarme.

Leo le abrió la puerta y le lanzo una mirada ardiente.

–Yo no lo habría expresado mejor.

Estaban a mitad de la cena en un selecto restaurante de Mayfair cuando el móvil de Eliza empezó a vibrar en el bolso. Lo ignoró con la esperanza de que Leo no lo oyera, pero la pantalla luminosa se veía por la abertura del bolso.

–¿No vas a responder?

–Eh... no, no es importante –agarró la copa de vino y tomó un pequeño sorbo.

El móvil volvió a vibrar.

–Parece que alguien tiene prisa por hablar contigo.

Eliza sabía que era absurdo posponer lo inevitable. Siempre había tenido la mala costumbre de postergar los problemas, confiando en que se resolvieran solos. Pero de esa manera solo conseguía prolongar la agonía. Por eso se encontraba en aquella situación, por no haber sido honesta con Ewan desde el principio.

–¿Me disculpas? –se levantó–. Sólo será un minuto.

Fue al aseo y se sentó frente al tocador para llamar a Samantha.

–Hola, soy yo.

–Oh, cariño –respondió Samantha con un suspiro de alivio–. Qué bien que me hayas llamado. Mañana tengo que llevar a Ewan al especialista. Llevábamos muchos meses en lista de espera, pero ha habido una cancelación y tenía la esperanza de que pudieras acompañarme, aprovechando que estás en Londres. Imagino que estarás muy ocupada con tu trabajo de niñera, ¿crees que podrías sacar una o dos horas? Ya sabes lo que me cuesta llevar a Ewan yo sola. He llamado a la agencia y he pedido que me enviaran un auxiliar, pero no hay ninguno disponible con tan poco tiempo de antelación. Por eso me preguntaba si podrías venir con nosotros. Ya sé que es mucho pedir, pero...

A Eliza se le formó un nudo de remordimiento en el estómago. ¿Cómo podía decirle que no? Sabía que no era una simple ayuda física lo que pedía Samantha. Sabía las esperanzas que Samantha tenía puestas en aquel especialista. Y sabía también lo destrozada que se quedaría cuando el especialista le diera el mismo diagnóstico que los anteriores.

No podía dejar que afrontara sola aquella situación.

Leo estaría ocupado todo el día con el tesorero de la escuela, y a Marella no le importaría quedarse con Alessandra un par de horas. Ni siquiera tenía que pedirle permiso a Leo, quien sin duda le diría que no. Seguramente pensaría que intentaba escabullirse para ir a acostarse con su novio.

Si él supiera...

–Pues claro que iré contigo –le dijo a Samantha–. Mándame un mensaje con la hora y la dirección.

–Eres un ángel, Eliza. Sinceramente, no sé qué haría sin ti.

Eliza respiró lentamente.

–Creía que me llamabas por esa noticia del periódico... Supongo que ya la habrás visto, porque de lo contrario no sabrías que estoy en Londres. Tendría que haberte llamado para avisarte. Lo siento mucho, de verdad.

–No te preocupes por eso, cariño. Ya sabemos cómo es la prensa. Siempre se están inventando historias disparatadas. Todo es puro sensacionalismo. Sé muy bien que nunca dejarías a Ewan.

Eliza sintió la culpa cayendo sobre ella como una torre de ladrillos.

–Nos vemos mañana, cariño –se despidió Samantha–. Te quiero.

–Yo también te quiero –suspiró mientras apagaba el móvil. Respiró hondo y se levantó para volver con Leo.

Él se levantó cuando llegó a la mesa.

–¿Todo bien?

Eliza le dedicó una sonrisa forzada mientras tomaba asiento.

–Sí, muy bien –agarró la copa de vino y la giró entre sus manos para tenerlas ocupadas.

–¿Quién era?

–Una amiga.

–Eliza...

–¿Sí?

–No tengo que recordarte las reglas, ¿verdad?

–¿Quieres controlar mis llamadas, mensajes y correos electrónicos?

Él frunció el ceño y agarró su copa.

–Lo siento. No quiero romper nuestra tregua.

–¿Tregua? ¿Esto es una tregua para ti? –hizo un gesto con la mano para abarcar el romántico entorno.

–Mira, no quiero pasar discutiendo el poco tiempo que tenemos para estar juntos. No era ese el propósito de salir a cenar esta noche.

–¿Y cuál es? –¿hacer que volviera a enamorarse de él y luego abandonarla? ¿Sumirla en una angustia mayor de la que ya conocía?

Él le agarró una mano y le masajeó los dedos hasta conseguir que se relajaran.

–El propósito es conocernos mejor el uno al otro. Hasta ahora solo hemos hecho dos cosas cuando estamos solos: tener sexo o discutir. Me gustaría probar algo distinto para variar.

Eliza miró sus manos entrelazadas, el contraste entre su piel cremosa y la piel bronceada de Leo. Aquellos dedos habían tocado cada palmo de su cuerpo. Solo con mirarlos ardía de excitación, y cada vez era más difícil ocultar sus emociones. No podía volver a enamorarse de él. No podía soñar con un futuro en común.

Era imposible.

Alzó la vista para mirarlo a los ojos.

–¿Qué tenías pensado?

La sonrisa de Leo le llegó al corazón.

–Espera y verás.

Una hora después estaban bailando en el balcón de la suite al son de la música romántica que sonaba por el equipo estéreo. El champán se enfriaba en un cubo con hielo y la ciudad de Londres se extendía bajo ellos en un mar de luces parpadeantes.

Eliza estaba en brazos de Leo, como la Cenicienta en el baile con el príncipe. Era muy tarde, pero no quería que aquella noche acabase nunca. A pesar de que nunca se le había dado bien el baile, en brazos de Leo se sentía como si estuviera flotando y sus cuerpos se movían al unísono, perfectamente sincronizados salvo un par de tropiezos por su parte.

Apoyó la cabeza en su pecho y aspiró su exquisita fragancia a limón.

–Es maravilloso...

Él le apretó suavemente el trasero.

–¿Dónde aprendiste a bailar?

Ella lo miró y le sonrió tímidamente.

–Lo siento... Te estoy destrozando los pies, ¿verdad?

Él se rio y la besó en la frente.

–No te preocupes. Todavía puedo caminar.

Eliza volvió a apoyar la cabeza en su pecho y pensó en Ewan, postrado en su silla de ruedas, con sus brazos y piernas inservibles y su antaño brillante cerebro hecho pedazos.

En su cabeza resonó el estribillo de una vieja nana, como tantas y tantas veces durante los últimos cinco años y medio.

*Ni sesenta hombres, ni sesenta hombres más
pudieron a Humpty arreglar jamás.*

Capítulo 13

AL DÍA siguiente, Leo regresó de sus reuniones antes de lo previsto. Le había gustado especialmente la que mantuvo con el tesorero de la escuela. Habían llegado a un compromiso y estaba impaciente por contárselo a Eliza. El proyecto se llevaría a cabo, sin importar cómo acabaran las cosas entre ellos.

La noche anterior había sentido que algo cambiaba en su relación. Hasta ese momento habían tenido sexo, sin más, pero la noche anterior habían hecho el amor. Había sentido la diferencia en los besos y caricias de Eliza, y se preguntaba si también ella había sentido algo distinto en él.

¿Significaría eso que Eliza estaba replanteándose su compromiso? Leo había buscado a su novio en internet, pero apenas había encontrado nada. ¿Cómo era posible, cuando ya casi todo el mundo tenía un blog o una web personal? ¿Sería aquel hombre una especie de ermitaño? ¿Y por qué no se había presentado en el hotel para darle una paliza a Leo después de lo que habían publicado los periódicos? No tenía sentido. Si Ewan Brockman amara de verdad a Eliza, ya se habría dado a conocer para exigir una explicación.

Había algo que no encajaba, y Leo no iba a detenerse hasta descubrir de qué se trataba.

Entró en la suite y encontró a Marella leyendo en

el sofá mientras Alessandra dormía la siesta en la habitación contigua.

–¿Dónde está Eliza?

–Se ha ido a hacer unas compras –respondió el ama de llaves, cerrando el libro–. Se marchó hace un par de horas. Le dije que se tomara todo el tiempo que necesitara, pero seguro que no tardará en volver. ¿Por qué no la llama y queda con ella para tomar algo? Yo me encargo de bañar y darle de cenar a Alessandra.

–Buena idea –llamó a Eliza, pero le salió el buzón de voz. Le mandó un mensaje de texto y tampoco recibió respuesta.

–Seguramente haya apagado el móvil –dijo Marella.

–¿Dijo adónde quería ir a comprar?

–Creo que mencionó algo de Queen Square.

Leo frunció el ceño y se guardó el móvil en el bolsillo. En Queen Square se encontraba el Instituto de Neurología, y cerca estaba el Great Ormond Street Hospital. ¿Por qué había ido Eliza allí cuando tenía más y mejores tiendas en el distrito de Bloomsbury?

La vio a media manzana de distancia. Estaba hablando con una mujer mayor junto al Instituto de Neurología. La mujer parecía muy angustiada y se secaba los ojos con un pañuelo, mientras Eliza sostenía la mano de un joven flaco y desgarbado atado a una silla de ruedas, provista de un aparato respiratorio y un catéter que asomaba bajo la manta que le cubría las delgadas piernas.

Leo sintió un mazazo en el pecho.

Su novio...

Se le formó un doloroso nudo en la garganta. El

novio de Eliza era tetrapléjico. Incapacitado para toda la vida, sin ser consciente de dónde ni con quién estaba, con la mirada perdida en el vacío. Con el corazón encogido, observó cómo Eliza le limpiaba la baba con un pañuelo.

Santo Dios...

¿Por qué Eliza no le había dicho nada?

¿Por qué?

No sabía si estar furioso con ella o sentir lástima. ¿Por qué había dejado que pensara mal de ella durante todo aquel tiempo? Todo cobraba sentido al ver a su novio con sus propios ojos. No era una relación normal. ¿Cómo podía serlo, con el pobre joven condenado a una silla de ruedas para toda la vida? ¿Sería él el motivo por el que había aceptado el dinero?

Los remordimientos casi le impedían respirar.

Había abusado de ella del peor modo imaginable.

Se dio la vuelta y se alejó rápidamente. Necesitaba pensar y poner orden en su cabeza, y no quería hacerlo delante de Eliza, su novio y la que sin duda era la madre del novio.

Eliza había rechazado su propuesta de matrimonio porque debía hacer honor a su compromiso. No lo había hecho porque no lo amara. Su instinto no se había equivocado, después de todo. Estaba seguro de que se había enamorado de él. Lo había sentido la noche anterior, cuando bailaban en el balcón y hacían el amor con una dulzura exquisita.

Y también él sentía algo por ella. Las emociones que había enterrado cuatro años antes volvían a aflorar a la superficie.

Pensó en todas las pistas que Eliza había dejado caer sobre su novio. Si él hubiera insistido un poco más quizá hubiera conseguido ganarse su confianza y que le contara la verdad a tiempo. ¿Sería demasiado tarde para enmendar el daño? ¿Podría perdonarlo ella?

El corazón le pesaba como una losa de granito.

¿Qué importaba si lo perdonaba o no? Seguía atada a su novio. Seguía llevando su anillo. En el dedo o en el cuello.

Pegado al corazón...

Eliza volvió al hotel más tarde de lo que había previsto. Samantha se había tomado muy mal las noticias del especialista. No había cura mágica para Ewan. No había ningún tratamiento especial ni ninguna terapia milagrosa para que su cuerpo y mente volvieran a funcionar.

Tan destrozada se había quedado que Eliza le había prometido que pasaría el resto de las vacaciones con ella y con Ewan en cuanto volviera de Italia. Nada más decírselo deseó no haberlo hecho. Se sentía desgarrada en dos. Dejar a Leo por segunda vez sería muy duro, pero en esa ocasión también abandonaría a Alessandra.

¿Cómo podría ser más cruel la vida?

Abrió la puerta de la suite y vio a Leo en la ventana, contemplando la ciudad. El corazón le dio un vuelco cuando se volvió hacia ella.

–Siento llegar tarde... –dejó el bolso y se alisó el pelo con la mano–. Había mucha gente en las tiendas.

Leo se fijó en sus manos vacías.

–No parece que hayas comprado mucho...

El corazón le dio otro brinco.

–No... –intentó sonreír, pero su boca no respondía–. ¿Dónde está Alessandra?

–Con Marella, en la otra suite.

–Espero que no te importe que me tomara un poco de tiempo libre –no podía sostenerle la mirada.

–Ya te dije que no tienes que quedarte encerrada bajo llave –se dirigió hacia el bar–. ¿Te apetece una copa?

–Eh... sí, gracias.

Le tendió una copa de vino blanco.

–Ir de compras da mucha sed, ¿verdad?

Eliza no sabía cómo interpretar su expresión, serena e imperturbable.

–Sí... –tomó un sorbo de vino–. ¿Cómo ha ido la reunión con el tesorero?

–He decidido financiar tu proyecto.

Parpadeó unas cuantas veces con asombro.

–¿En... en serio?

–He examinado a fondo tu propuesta –su expresión permanecía inalterable–. Hay que atar algunos cabos sueltos, pero no creo que lleve mucho tiempo.

Eliza intentó relajarse. ¿Había algún mensaje entre líneas o solo lo estaba imaginando? Leo parecía esperar a que ella dijera algo.

–No sé cómo darte las gracias... Pero no estoy segura de por qué lo haces.

–¿No lo adivinas?

Eliza se mojó los labios resecos con la lengua.

–No soy tan ingenua como para pensar que lo haces por mí. Me lo dejaste muy claro desde el principio –sin contar la noche anterior, cuando pareció que Leo le hacía el amor por primera vez.

El silencio se alargó unos interminables segundos.

–¿Por qué no me lo dijiste? –le preguntó él finalmente.

–¿Decirte qué?

Leo masculló una palabrota.

–Déjate de juegos. Hoy te he visto.

A Eliza se le revolvió el estómago.

–¿Que me has visto dónde?

–Con tu novio. Supongo que era tu novio el joven de la silla de ruedas, ¿no?

–Sí...

Las cejas de Leo se unieron sobre sus ojos.

–¿Eso es todo lo que tienes que decir?

Eliza dejó la copa antes de que se le cayera de la mano.

–Iba a decírtelo –se cruzó de brazos–. Te lo hubiera dicho hace días, pero me prohibiste que pronunciara su nombre.

–Eso no es excusa, y lo sabes –la miró con furia, o tal vez con frustración–. Podrías haber insistido. Podrías habérmelo contado el primer día que fui a verte. Por amor de Dios, podrías habérmelo contado la noche que nos conocimos. Y deberías habérmelo contado cuando me declaré.

–¿Por qué? –espetó ella–. ¿Habría supuesto alguna diferencia?

–¿Cómo puedes preguntarme eso? –su tono era de absoluta incredulidad–. Quería casarme contigo. Aún quiero casarme contigo.

A Eliza no se le pasó por alto que no le había dicho que la amara. Solo quería una esposa y una madrastra para su hija.

–No soy libre para casarme contigo.

Él se acercó y le puso las manos en los hombros.

–Escúchame, Eliza. Podemos solucionar esto. Tu novio lo entenderá. Solo tienes que decirle que quieres estar con otra persona.

Ella se separó y puso algo de distancia entre ellos.

–No es tan sencillo... Es culpa mía que esté en esa silla.

–¿Qué quieres decir?

–Yo había decidido romper, y él se marchó de mi casa muy disgustado y afectado. No estaba bien para conducir. No debí dejar que se fuera... Fue culpa mía. Si no hubiera roto nuestro compromiso esa noche, él aún sería un hombre sano, inteligente, en pleno uso de sus facultades físicas y mentales. Ahora no es más que un cuerpo pegado a una silla. Ni siquiera puede respirar sin un aparato. ¿Cómo puedo decirle a su madre que quiero estar con otra persona después de lo que le hice a su hijo?

–¿No le dijiste a su madre que habías roto con él?

Eliza negó con la cabeza.

–Me llamó desde el hospital, destrozada por lo que le habían dicho los médicos. No creían que fuera a sobrevivir. ¿Cómo podía decírselo?

–¿Y después?

–No podía... –respiró temblorosamente–. ¿Cómo iba a hacerlo? Pensaría que intentaba escabullirme de mis responsabilidades. Habría sido cruel y egoísta por mi parte.

–¿No crees que estás siendo un poco dura contigo misma? Si hubieras sido tú la que hubiese resultado gravemente herida, ¿querrías que él hubiera renunciado a su vida por ti?

–No, porque él nunca habría roto conmigo sin avisarme. Me habría preparado para ello, como yo debería haber hecho con él. Llevábamos juntos desde que yo tenía dieciséis años. Me quería muchísimo, y ese amor fue su perdición. Es justo que renuncie a mi futuro por él. Se lo debo.

–No le debes nada –replicó Leo–. Vamos, Eliza.

No estás pensando racionalmente. Su madre no querría que renunciaras a tu vida como estás haciendo.
¿No te ha dicho que debes seguir adelante?

–Soy todo lo que le queda –arguyó ella–. Perdió a
su marido cuando Ewan era pequeño. ¿Cómo voy a
abandonarla? Soy como una hija para ella, y ella es
como una madre para mí. No puedo hacerlo. No
puedo.

–¿Y si hablara yo con ella? Le haría entender lo in-
justo que es esperar tanto de ti.

Eliza sacudió tristemente la cabeza.

–Estás acostumbrado a conseguir lo que quieres,
pero a veces hay cosas que están fuera de tu alcance,
por mucho que te esfuerces en tenerlas.

–¿Te crees que no lo sé? Tengo una hija por la que
haría cualquier cosa si pudiera.

–Lo sé, igual que Samantha. Es una madre maravillosa y una buena persona. Sería terrible para ella que
abandonara a su hijo y me marchara contigo a Italia.

–¿Y si nos mudamos a Londres? Podría trabajar
aquí. Hay buenas escuelas para niños ciegos. Alessandra se adaptaría sin problemas.

Eliza intentó desesperadamente retener el control
de sus emociones.

–No puedo casarme contigo. Leo. Tienes que aceptarlo. Cuando acabe el mes, volveré a mi vida de
siempre. Ya le he prometido a Samantha que pasaré
con ella y con Ewan el resto de las vacaciones.

–Puedes elegir. Maldita sea, Eliza, ¿es que no lo
ves? Te estás castigando a ti misma con una culpa que
no te concierne. Así no ayudarás a nadie, y menos a
tu novio –volvió a pasarse la mano por el pelo–. Supongo que por eso aceptaste el dinero. Era para él,
¿verdad?

–Sí...

–¿Por qué no me pediste más?

–Ya era bastante difícil para mí, como para aprovecharme de tu oferta.

Leo soltó una amarga carcajada.

–No era una oferta. Era un chantaje, y nunca me perdonaré por ello –se desplazó hacia el otro lado de la habitación, como si necesitara poner distancias para pensar.

–Lo siento... He manejado horriblemente mal la situación –respiró hondo y finalmente llegó a una decisión–. No voy a volver contigo a Italia. No sería justo para Alessandra. Es mejor que me quede aquí y no espere hasta final de mes.

Leo se volvió hacia ella, furioso.

–¿Qué pasa con el contrato que firmaste? ¿Has olvidado las condiciones?

–Si decides actuar en consecuencia, lo asumiré.

–Retiraré mi apoyo al proyecto. Le diré al tesorero que he cambiado de opinión –tenía la mandíbula apretada y los ojos le ardían furiosamente.

Eliza sabía que todo era un farol, y confiaba en que acabara comprendiendo que era lo mejor para todos.

–¿Puedes decirle adiós a Alessandra de mi parte? No quiero despertarla ahora.

–Nunca creí que fueras tan cobarde.

–Así es como tiene que ser.

–¿Por qué? ¿Vas a negar que me quieres?

Eliza se endureció para sostenerle la mirada.

–Nunca he dicho que te quiero.

–De modo que solo era por el dinero...

–Sí.

Leo sonrió burlonamente.

–Y por el sexo.

–También.

Él tomó aire y se acercó a la ventana.

–Le diré a Marella que te envíe tus cosas cuando volvamos a Italia.

–Gracias –dijo Eliza, y pasó a su lado para recoger su pequeño equipaje de la suite.

–No voy a decir adiós –respondió él–. Creo que ya está todo dicho.

«Excepto que te quiero», pensó Eliza mientras cerraba la puerta tras ella.

Capítulo 14

ELIZA pasó la primera semana con Samantha y con Ewan en Suffolk, tan destrozada emocionalmente que llegó a ponerse enferma. No podía dormir ni apenas comer. Cada vez que pensaba en Leo o Alessandra sentía una angustiosa opresión en el pecho. Pero tenía que guardarse su dolor para ella misma y ayudar a Samantha a sobrellevar el sufrimiento por la irremediable situación de su hijo.

Sin embargo, a mitad de la segunda semana Samantha pareció comenzar a animarse. Incluso salió un par de noches mientras Eliza se quedaba con Ewan. No le dijo adónde ni con quién iba, y Eliza tampoco se lo preguntó. Pero cuando regresaba a casa parecía un poco menos abatida y desgraciada.

–Cariño, no pareces la misma desde que volviste de Italia –comentó mientras veía como Eliza daba vueltas a la comida de su plato–. ¿Va todo bien? ¿Echas de menos a la pequeña? Es muy bonita, ¿verdad?

–Sí que lo es. Y sí que la echo de menos.

–Es una lástima que sea ciega –agarró su vaso de limonada–. Pero no es lo peor que le puede pasar a una persona.

–No.

–Me habría encantado tener una hija. No me malinterpretes. Ninguna madre podría pedir un hijo mejor que Ewan. Y he sido muy afortunada al tenerte a ti como si fueras mi hija. Nunca podré agradecerte lo suficiente que hayas estado siempre ahí, para mí y para Ewan.

Eliza soltó el tenedor y juntó las manos en el regazo, bajo la mesa. La necesidad por aclararlo todo llevaba acosándola durante días. No podía seguir viviendo con aquella terrible sensación de culpa. Quería seguir adelante con su vida, y no podría seguir haciéndolo a menos que aceptara la realidad. Tenía que confesarle sus sentimientos a Leo, aunque él no sintiera lo mismo por ella.

–Samantha... hay algo que tienes que saber sobre aquella noche... Sé que para ti será muy duro, y que seguramente pienses que estoy inventándomelo para librarme de esta situación. Pero... el accidente de Ewan fue culpa mía.

El silencio fue largo y doloroso.

–Aquella noche yo había roto con él –continuó Eliza–. Durante mucho tiempo había ocultado mis verdaderos sentimientos, y aquella noche no pude seguir conteniéndome. Le dije que ya no lo quería... y se marchó de casa tan afectado que no debió sentarse al volante –ahogó un sollozo–. Sé que no podrás perdonarme. Ni siquiera yo puedo. Pero quiero vivir mi propia vida. Quiero estar con Leo y su hija. Lo amo. Lamento si te parezco insensible o egoísta, pero no puedo seguir viviendo esta mentira. Me siento muy mal por haber aceptado el amor que me has brindado generosamente todo este tiempo.

Samantha dejó escapar un débil suspiro. De repente parecía haber envejecido muchos años, hundida en su silla como si le pesaran los huesos.

–Supongo que estamos en paz.

–¿Qué quieres decir?

–Yo también te he estado mintiendo estos últimos años.

–No te entiendo –frunció el ceño, desconcertada–. ¿En qué me has mentido? Fui yo la que oculto lo que ocurrió esa noche. Tendría que habértelo contado en el hospital.

–Me lo contó él.

–¿Quién te contó qué?

–Ewan. Me contó que habías roto con él.

El corazón de Eliza le golpeó las costillas con tanta fuerza como si hubiera chocado con un muro a gran velocidad.

–¿Cuándo?

Samantha tragó saliva.

–Me llamó unos minutos después de que abandonara tu casa –tenía el rostro contraído por el dolor y el remordimiento–. Lo siento mucho. Debería habértelo dicho entonces. Todo fue culpa mía... Lo tuve al teléfono unos segundos antes de que se estrellara contra el árbol –sollozó y hundió la cabeza en las manos–. Me dijo que habías roto vuestro compromiso. Estaba desolado y yo me enfadé mucho con él porque ya sabía que lo vuestro no tenía futuro. Le dije que tenía que superarlo, pero él se puso como una fiera y me colgó. Fue culpa mía... Yo provoqué el accidente.

–No –Eliza se levantó y corrió a abrazarla–. No, no digas eso. No fue culpa tuya.

–Sabía que no estabas bien con él –continuo Samantha entre sollozos–. Pero no os dije nada a ninguno. Quería que lo vuestro funcionara. Quería que fueras la hija que siempre quise tener. Quería que fuéramos una familia...

Eliza cerró los ojos mientras abrazaba a Samantha.

–No tienes la culpa de nada. Yo soy tu hija, y siempre seré parte de tu familia.

Samantha se echó hacia atrás para mirarla.

–Hay otra cosa que debes saber.

–¿El qué?

–He conocido a alguien –se puso roja como una joven adolescente que confesaba su primer enamoramiento–. Es un médico de la clínica a la que llevo a Ewan. Me ha apoyado mucho y hemos salido juntos unas cuantas veces. Tiene una hija con parálisis cerebral. Creo que va a pedirme que me case con él. Y si lo hace le diré que sí.

Eliza sonrió sinceramente.

–¡Pero eso es maravilloso! Mereces ser feliz.

Samantha le dedicó una temblorosa sonrisa.

–Temía contártelo, pero cuando vi esa foto tuya en el periódico empecé a preguntarme si no sería el momento de que las dos continuáramos con nuestras vidas.

Eliza intentó reprimir las lágrimas.

–No sé si tengo algún futuro con Leo, pero quiero decirle que lo amo. Se lo debo.

Samantha le agarró las manos.

–Tienes que decirle lo que sientes. A Ewan no le debes nada. Él es todo lo feliz que puede ser, y lo único que necesita es cuidado y atención. Robert me lo ha explicado todo y me ha ayudado a aceptarlo. Ewan no volverá a ser el que era. Pero es feliz. Y tú y yo tenemos que ser felices por él. ¿Me prometes que lo serás?

–Seré feliz por ti y por Ewan. Te lo prometo –se quitó la cadena del cuello y le devolvió a Samantha el anillo de compromiso–. Creo que vas a necesitar esto.

Samantha lo aferró fuertemente en la mano y le sonrió.

—¿Sabes qué? Creo que tienes razón.

Eliza llegó a la villa a las tres de la tarde. Marella le abrió y la abrazó con tanta fuerza que le crujieron los huesos.

—Sabía que volverías. Se lo dije al *signor* Valente y a Alessandra, pero no me creían. Los dos parecen almas en pena.

—¿Dónde está? Tendría que haber llamado para saber si estaba en casa, pero... quería llegar y hablar con él lo antes posible.

—No está aquí. Está en la vieja villa.

—¿La que tenía hace cuatro años?

—Sí. Creo que Alessandra estará mejor allí, y estoy de acuerdo con él. Este lugar es demasiado grande para ella.

—¿Está Alessandra aquí?

—Está durmiendo en su cuarto. ¿Quieres verla?

—Me encantaría, pero será mejor que antes hable con Leo.

Marella sonrió de oreja a oreja.

—Buena idea.

Eliza abrió la chirriante verja de la villa. Estaba situada en la ladera de una colina y ofrecía una impresionante vista de la costa. El jardín presentaba un aspecto muy descuidado y la casa necesitaba una mano de pintura, pero era como volver atrás en el tiempo. El olor a azahar impregnaba el aire, los adoquines del camino le calentaban las suelas de las zapatillas y los pájaros cantaban en los árboles. Igual que cuatro años antes.

Subió por el camino hasta la puerta principal, pero esta se abrió antes de que pudiera llamar con la vieja aldaba oxidada. Leo la miró como si hubiera visto un fantasma y tragó saliva unas cuantas veces, incapaz de pronunciar palabra.

Eliza dejó caer la mano al costado.

–He venido a ofrecerte mis servicios como niñera, pero parece que necesitas más un jardinero y un pintor.

–Ya tengo niñera –dijo él. Su expresión era difícil de leer, pero a Eliza le pareció detectar un brillo en sus ojos.

–¿Tienes algún otro puesto vacante?

–¿Por ejemplo?

Eliza se encogió de hombros.

–El puesto de amante, de confidente, de madrastra, de esposa... Soy muy flexible.

Una media sonrisa apareció en los labios de Leo.

–¿Quieres un puesto temporal o estás pensando en algo más permanente?

Eliza le puso las manos en el pecho y extendió la palma derecha para sentir su corazón.

–Estaba pensando en algo para siempre.

–¿Y por qué crees que te ofrecería algo para siempre?

–Porque creo me quieres. Nunca me lo has dicho, ni yo a ti tampoco. Pero te quiero. Siempre te he querido. Desde que te conocí supe que no podía amar a otro hombre.

Él la rodeó con sus brazos.

–Pues claro que te quiero... ¿Cómo puedes dudarlo?

Ella subió con una mano hasta su mandíbula.

–Te he hecho pasar por un infierno y aun así me quieres...

–En eso consiste el amor verdadero, ¿no? En superarlo todo.

–No sabía que fuera posible amar tanto a alguien.

–Hace dos semanas te marchaste de mi vida y no pensé que fueras a regresar. Igual que ocurrió hace cuatro años. ¿Qué ha cambiado?

–Yo he cambiado –dijo ella–. Finalmente me he dado cuenta de que en la vida tenemos que afrontar lo que venga. Seguramente siempre me sienta culpable por el pobre Ewan, pero no puedo hacer nada por él y tampoco puedo renunciar a mi vida. Él querría que yo fuera feliz, y eso es lo que voy a hacer. Mi nueva vida comienza ahora, contigo y con Alessandra. Vosotros sois mi familia, pero siempre guardaré un hueco especial para Samantha. Es la mejor madre del mundo y no quiero perderla.

Leo la apretó con fuerza contra su pecho.

–No la perderás. Yo también necesito una madre y Alessandra, una abuela. ¿Crees que Samantha podrá querernos también a ella y a mí?

Eliza le sonrió y se acurrucó contra él.

–Estoy completamente segura.

Bianca™

Encadenada con seda y joyas...

Desde el otro lado de la discoteca, el guardaespaldas Zahir El Hashem vigilaba a su protegida. El corazón se le aceleró. La joven se contoneaba con sensualidad en la pista de baile. A lo mejor llevar a la princesa de vuelta a su país no resultaba ser tan fácil...

Soraya Karim siempre había sabido que algún día iba a tener que cumplir con sus obligaciones reales. Aferrándose a la última pizca de libertad que le quedaba, hizo todo lo posible por retrasar el regreso a Bakhara. Y la atracción entre ellos llegó a un nivel irresistible, peligroso.

Una vez llegaran a las puertas del palacio, su romance sería prohibido. Solo el deber podía prevalecer...

El emisario del jeque

Annie West

Acepte 2 de nuestras mejores novelas de amor GRATIS

¡Y reciba un regalo sorpresa!

Oferta especial de tiempo limitado

Rellene el cupón y envíelo a
Harlequin Reader Service®
3010 Walden Ave.
P.O. Box 1867
Buffalo, N.Y. 14240-1867

¡Si! Por favor, envíenme 2 novelas de amor de Harlequin (1 Bianca® y 1 Deseo®) gratis, más el regalo sorpresa. Luego remítanme 4 novelas nuevas todos los meses, las cuales recibiré mucho antes de que aparezcan en librerías, y factúrenme al bajo precio de $3,24 cada una, más $0,25 por envío e impuesto de ventas, si corresponde*. Este es el precio total, y es un ahorro de casi el 20% sobre el precio de portada. !Una oferta excelente! Entiendo que el hecho de aceptar estos libros y el regalo no me obliga en forma alguna a la compra de libros adicionales. Y también que puedo devolver cualquier envío y cancelar en cualquier momento. Aún si decido no comprar ningún otro libro de Harlequin, los 2 libros gratis y el regalo sorpresa son míos para siempre.

416 LBN DU7N

Nombre y apellido	(Por favor, letra de molde)
Dirección	Apartamento No.
Ciudad	Estado	Zona postal

Esta oferta se limita a un pedido por hogar y no está disponible para los subscriptores actuales de Deseo® y Bianca®.
*Los términos y precios quedan sujetos a cambios sin aviso previo.
Impuestos de ventas aplican en N.Y.

SPN-03 ©2003 Harlequin Enterprises Limited

Bella y valiente

NALINI SINGH

En el corazón de Hira comenzaba a brillar la esperanza. Se había casado con un hombre con el que quizá mereciera la pena construir un futuro. A su madre le habían preocupado las cicatrices de Marc, pero a ella le resultaba increíblemente atractivo. De hecho, aquellas marcas de su rostro le daban un aire peligrosamente masculino que despertaba en ella sentimientos e ideas que la escandalizaban. ¿Qué importaba el rostro de un hombre si tenía corazón? Y por un hombre con corazón, ella sería capaz de arriesgarlo todo...

Sabía que era peligroso...
pero accedió a casarse con él

¡YA EN TU PUNTO DE VENTA!

Aquel millonario la había llevado a la cama… por venganza

Hacía diez años que Sasha había abandonado al guapo millonario Gabriel Calbrini… y él no la había perdonado por ello. Ahora era viuda y no podía creer que Gabriel fuera el heredero de la fortuna de su difunto marido… y el tutor de sus dos hijos. Su vida estaba completamente en sus manos… y Gabriel deseaba vengarse.

El amor que Sasha había sentido por Gabriel había estado a punto de destruirla, por eso no podía caer de nuevo en sus brazos… por muy persuasivo que fuera. Había demasiado en juego… y algo que Gabriel jamás debía saber.

HARLEQUIN *Bianca*

Penny Jordan
Maestro de placer

Maestro de placer

Penny Jordan

[10]